www.ingramcontent.com/pod-product-compliance
Lightning Source LLC
LaVergne TN
LVHW010808051026
849532LV00007B/2474
* 9 7 8 8 1 1 9 0 2 2 3 0 4 *

زخمِ دل

اور مہک اور مہک

(افسانے)

واجدہ تبسم

Zakhm-e-Dil aur mahek aur mahek

by: Wajida Tabassum

Edition: January '2025

Publisher :

Taemeer Publications LLC (Michigan, USA / Hyderabad, India)

ISBN 978-81-19022-30-4

کتاب	:	**زخمِ دل اور مہک اور مہک** (افسانے)
مصنفہ	:	**واجدہ تبسم**
صنف	:	فکشن
ناشر	:	تعمیر پبلی کیشنز (حیدرآباد، انڈیا)
سالِ اشاعت	:	۲۰۲۵ء
صفحات	:	۱۴۰
سرورق ڈیزائن	:	تعمیر ویب ڈیزائن

فہرست

کھوئی ہوئی منزل

میں کتنی دیر سے اپنی انگلیوں میں قلم تھامے بیٹھی ہوں۔ لکھنے کی کوشش کرتی ہوں تو کچھ ایسا محسوس ہوتا ہے جیسے الفاظ رنگین تتلیوں کی مانند اپنے حسین پر پھڑپھڑاتے ہوئے دور نکل گئے ہیں اور میں بے بسی میں ہاتھ ملتی انھیں اڑتا دیکھتی رہ گئی ہوں۔ بہت کوشش سے میں نے سیاہی میں قلم ڈبو دیا ہے۔ یہ کیسی ہنسی ہے۔ یہ کیسا کھنکتا ہوا قہقہہ ہے؟؟

"تمھاری حماقتوں کا کبھی جواب نہیں۔ قلم سیاہی سے تر ہے اور تم خواہ مخواہ اس کو بار بار سیاہی میں ڈبوئے جاتی ہو۔ یہ کیا چکر ہے ــــ ؟؟"

میں نے گھبرا کر سیاہی سے قلم نکال لیا ہے۔ قلم کو کیپ سے ڈھک کر میز پر ڈال دیا ہے۔ اور اب کرسی سے ٹیک لگا کر بیٹھ گئی ہوں۔ کبھی کبھی صرف سوچتے رہنا بھی کتنا بھلا لگتا ہے۔ جاگتے جاگتے خواب دیکھنا۔ اور میری تو ہمیشہ سے یہ عادت رہی ہے کہ جاگتے ہوئے خواب دیکھتی ہوں۔ ورنہ میں اپنے ننھے سے دل میں اتنی آرزوئیں کیسے پال لیتی۔ آرزوئیں! جو اندھیرے دل میں ستاروں کی طرح جگمگائیں۔ لیکن ٹوٹے ہوئے ستاروں کی طرح کوئی منزل نہ پا سکیں۔ اپنے نصیب کے لحاظ سے تو میں

سچ مچ ایک ٹوٹا ہوا ستارہ ثابت ہوئی جو روشنی کی لکیر بناتا، تھوڑی دیر کے لئے اندھیرے کو اجالے کا رُوپ دیتا ضرور ہے لیکن پھر تاریکی اور تنہائی کی گود میں اپنا منہ چھپا لیتا ہے۔ اور اب ایسی ہی بے مقصد روشنی کی لکیریں میرے سر میں چمک رہی ہیں۔ چاندی کے راستے، اُجالوں کی رہ گزر، وہ حسین کہکشاں جو پیا کے دیس بھی لے جاسکتی تھی۔ مگر اندھیروں نے میرا ہاتھ تھام کر مجھے تنہائیوں میں بھٹکنے کے لئے چھوڑ دیا ہے۔ میں اپنے پیچھے سارے چراغ بجھاتی آئی ہوں۔ اب تو میں عمر کی اُس حد پر آگئی ہوں جہاں سفید بال چمک چمک کر یہ یاد دلاتے رہتے ہیں کہ اس روشنی سے سیاہ اندھیرے بہتر ہیں۔ میں جو سدا راہوں میں چراغ جلاتی آئی آج اُجالے کو ترس رہی ہوں۔ کیسے دُکھ کی بات ہے؟

(کبھی کبھی صرف سوچتے رہنا بھی کتنا بھلا لگتا ہے)

میں حسبِ معمول اُس رات چراغ جلا کر ٹیریس کے شہ نشین پر رکھ رہی تھی کہ اندھیرے اُجالے میں لپٹی ایک آواز میرے کانوں سے ٹکرائی۔

"یہ تیل کا چراغ ــــ؟ اور اتنے بلبوں کی موجودگی میں ــــ؟!"

بڑے بھیّا کی ہنسی سے بھرپور آواز سنائی دی۔ "ہاں یہ پگلی سمجھتی ہے کہ اس طرح مسافر راستہ نہیں بھولتے۔"

"اچھا! بڑی نازک خیالی ہے بھئی!"

میں نے پلٹ کر دیکھا۔ چراغ کی جھلملاتی لو میں، میں نے دیکھا ایک تو بڑے بھیّا ہیں اور ایک ...... "(تم کہتے ہوئے نہ جھجکو شہزادی ــــ" اور ایک وہ جس نے میری راہوں میں اندھیرے بکھیر دیئے!!")

ملگجی روشنی (جس میں اندھیرا غالب تھا) میں، میں نے سفید اور چمکیلے دانتوں کی

ایک لڑی جمکتی دیکھی۔ ہنسی کی کھنک پھر گونجی۔

میں دل مضبوط کر کے بولی۔

"جی ہاں دیکھئے، اتنی بلندی پر اگر کوئی روشنی جمکتی دیکھے تو لپکا چلا آئے گا اور یہ کتنی اچھی بات ہے کہ کوئی بے چارہ راستہ ڈھونڈھتے ڈھونڈتے اجالا پا جائے منزل مل جائے!"

میں چلنے لگی تو بڑے بھیا ہنس کر بولے۔

"اے ری پگلی شبّو! میں نے تجھ سے صبح کہا تھا کہ وقار آنے والا ہے، سو یہی ہے وہ، پیچھے اس کی بہن بھی ہے! ــــ تُو تو کسی سے ملتی ہی نہیں اور سُن، صبح وقت پر ناشتہ ملے گا یا یونہی بجھے ہوئے چراغ سمیٹتی پھرے گی؟"۔ بڑے بھیا نے ایک ہی سانس میں اتنے سوال کر ڈالے۔ میں گھبرا کر ہنس دی۔

" دو آدمیوں کے بڑھنے سے ایسا کون سا کام بڑھ جائے گا، آپ پریشان نہ ہوں۔ آپکے مہمانوں کو کوئی تکلیف نہ پہنچے گی۔"

وقار نے بات پکڑ لی۔

" آپ کے مہمان ــــ !" وہ بڑے بھیا سے مخاطب ہو گیا۔ "تو رضا صاحب سُن لیا آپ نے؟ ہم صرف آپکے مہمان ہیں۔ ان کے کوئی نہیں۔"

میں سٹ پٹا سی گئی۔ سانس لے کر کچھ بولنے ہی کو تھی کہ میری نگاہ وقار سے اُلجھ گئی۔ میں اور گھبرا گئی۔ وقار ہنس دیا۔

میں نے سنبھل کر پھر اُسے دیکھا۔ ہیروؤں والی کوئی بات اس میں نہ تھی نہ ہاتھ میں ریکٹ تھا، نہ گلے میں مفلر، نہ بالوں کے چھلّے ماتھے پر لہرا رہے تھے۔ نہ شوخ رنگوں کی بُش شرٹ ہی تھی۔ وہ تو بالکل گھریلو انداز میں ایک ٹانگ پر زور

دیئے کھڑا تھا۔ سفر کی وجہ سے اُس کی پینٹ اور شرٹ میلے اور پُرشکن ہوگئے اور وہ سیدھا سادہ سا، بے ضرر انسان تھا۔

"آپ مہمان ہوتے تو مہمان مانتی۔ آپ تو بالکل اپنے جیسے ہیں۔" میں نے پھر نہ اپنی بات کا ردِ عمل وقار کے چہرے پر دیکھنے کی کوشش کی، نہ آگے کوئی بات کی اور ہلکے پھلکے قدم اٹھاتی زینے سے اُترنے لگی۔

صبح حسبِ معمول ساڑھے چھ بجے میری آنکھ کھلی تو میری شرمندگی کی انتہا نہ رہی۔ پائیں باغ والے دروازے کے پاس وقار کھڑا اخبار دیکھ رہا تھا۔ میں اس کی نظروں سے بچ بچ کر کچن تک پہنچی ہی تھی کہ وہ دور ہی سے پکار کر بولا۔

"اپنوں کو اسی طرح تکلیف دی جاتی ہے۔ جناب میں صبح ساڑھے پانچ بجے کا جاگا ہوا ہوں اور کم بخت بیڈ ٹی لینے کی بڑی ذلیل عادت پڑی ہوئی ہے"

میں نے جھجک کر اسے دیکھا۔

پھر آپ ہی آپ ہنسی میرے ہونٹوں پر تیر گئی۔

"اپنے چھوٹی چھوٹی غلطیوں کو معاف بھی تو کردیا کرتے ہیں۔"

اور میں کچن میں گھس گئی۔

ساڑھے آٹھ بجے میں کچن سے نکل کر ڈائیننگ ہال میں گئی تو یہاں سے وہاں تک بچوں نے طوفانِ بے تمیزی مچا رکھا تھا۔

"ہے ہے تم کو کچھ تمیز آئے گی بھی یا نہیں۔ میں نے کب سے تمھارا ناشتہ بھجوا دیا تھا اور اب تک کُشتی ہو رہی ہے۔ بھلا مہمان کب کھائیں گے؟"

اپنے شانے پر ایک نرم نرم سے ہاتھ کا دباؤ محسوس کرکے میں نے پلٹ کر دیکھا۔ ایک مہربان، شفیق، میٹھی میٹھی سی موہنی صورت۔

"ہم مہمان تو نہیں ہیں شجّو! اور پھر پورے گھر کے کام کا تم نے کوئی ٹھیکہ تو نہیں لے رکھا ہے۔"

وہ مسکراہٹ کے ساتھ پیچھے مڑیں اور سلمیٰ آپا سے بولیں۔

"سلّو! بھئی کل سے کام کی باری بندھ جائے گی۔ ایک دن تم انتظام دیکھو گی، ایک دن ثریّا، ایک دن میں اور ایک دن شجّو۔ کیوں شہزادی ٹھیک ہے نا؟"

وہ ہنس کر بولیں۔

"لیکن..... لیکن....." میں گھبرا کر سلمیٰ آپا کو دیکھتی ہوئی بولی۔ "نکہت باجی! آپ تو غضب ہی کر رہی ہیں۔ ایسا کون بڑا کام ہے اور پھر مجھے کام کرنے کی عادت ہے۔ ایک دن کام کر کے تین دن خالی بیٹھی کیا کروں گی؟ اللہ! اور پھر آپ جانتی ہی ہیں سلمیٰ آپا اور ثریا باجی کو کالج بھی تو جانا پڑتا ہے۔"

نکہت باجی نے پوچھا۔

"اور تم کیوں کالج نہیں جاتیں؟"

میں جلدی سے بول اٹھی۔

"پڑھائی میں میرا جی نہیں لگتا۔"

میں نے جلدی سے پیٹھ موڑ کر پلیٹیں جمانی شروع کر دیں۔ کہیں وہ میرے چھلکتے آنسوؤں کو دیکھ لیتیں تو؟

مجھے ہنسی بس یوں آتی ہے کہ ماں باپ لاڈ چاؤ میں آ کر اپنی اولاد کے کیسے غلط سلط نام رکھ دیتے ہیں۔ میرا نام شہزادی ہے۔ بس زندگی میں کسی بات پر اگر جی کھول کر ہنس سکتی ہوں تو اسی بات پر۔ ورنہ پھر بڑے سے بڑا مزاحیہ سے مزاحیہ لطیفہ بھی میرے ہونٹوں پر ہنسی کی لہر نہیں لا سکتا۔ ممکن تھا میں اپنی امی ابا کے ساتھ

رہی ہوتی تو میری زندگی کا یہ رنگ نہ ہوتا۔ لیکن حالات کی گردش کو کیا کہئے۔ ابّا اچھے خاصے ایم۔ اے پاس تھے۔ حکومت کے بڑے عہدے دار تھے۔ ساڑھے سات سو روپے ماہانہ ملتے تھے۔ جو ایک فیملی کے رکھ رکھاؤ کے لئے کافی تھے۔ امّی یونہی سی پڑھی لکھی تھیں۔ کسی کے کہنے سننے پر جلدی یقین کر لیتیں۔ میری پیدائش کے چند سال بعد ایک جیوتشی نے انھیں بتایا کہ یہ لڑکی آپ لوگوں کے سائے میں نہ پنپ سکے گی۔ اسے کسی کو سونپ دیجئے۔ امّی کو بھی دھڑکن لگ گئی۔ اور کوئی بھروسے کا دکھائی نہ دیا۔ سوائے اپنی سگی بڑی بہن کے۔ امّی نے بہن سے کہا اور ساتھ ہی کھانے پینے کے لئے سو روپے ماہانہ دینے کا بھی وعدہ کیا۔ خالہ جان کو کیا اعتراض ہو سکتا تھا۔ دن اچھے خاصے گزر رہے تھے کہ ملک تقسیم ہو گیا۔ امّی ابّا دوسرے بہن بھائیوں کے ساتھ پاکستان جا رہے تھے کہ ان کی ریل کو آگ لگا دی گئی۔ جیوتشی نے ٹھیک ہی کہا تھا کہ میں ان کے سائے میں پنپ نہ سکوں گی۔ لیکن کون پنپ سکا؟ سبھی تو بھسم ہو گئے۔ اور اس آگ سے بھی سنگین آگ مجھے اپنی لپیٹ میں لے بیٹھی اور پھر میں نے جانا کہ اپنے پرائے کس طرح بنتے ہیں۔ سو روپے کی مستقل آمدنی ٹوٹ جانے نے میری ادھوری تعلیم، میری پوشاک، میرے کھانے پینے، میری زندگی کے ہر شعبے پر اثر ڈالا۔ اور میں جب ذرا سمجھ دار ہوئی تو ہر آئے گئے کے سامنے اس بات پر شرمندہ ہوتی رہی کہ میرا نام شہزادی ہے۔ اگر اس گھر میں، میں کسی ہستی کے پیار کے سہارے زندہ تھی تو وہ تھے بڑے بھیا۔ ان کا دل آسمان کی طرح بلند اور سمندر کی طرح وسیع اور گہرا تھا۔ انھوں نے کبھی مجھ میں، سلمیٰ آپا اور ثریا باجی میں فرق نہ کیا۔ ان کا کام کر کے مجھے کبھی کوفت نہ ہوئی بلکہ جی چاہتا کہ ان کا ہر کام میں ہی کرتی رہوں۔ کپڑے دھونے سے لیکر اُن کے جوتے کو پالش تک میں ہی

کرتی۔ اور جب کبھی وہ اِن کاموں کے اس قدر پابندی اور مستعدی سے انجام دیئے جانے پر گنگو کو شاباشی دیتے تو وہ گھبرا کر بولتا۔

"چھوٹے سرکار! یہ سب کام تو شہزادی بی بی کرتی ہیں"

تو بھیّا پیار بھری ڈانٹ سے میری تواضع کرتے۔ جو مجھے لاکھ محبتوں پر بھاری لگتی۔

انسان دن بھر کام کرتا رہے، تھک کر چور ہو جائے، مر جائے اور کوئی تعریف کے صرف دو بول کہہ دے تو ساری محنت سپھل ہو جاتی ہے۔ بڑے بھیّا نے نہ جانے کہاں سے محبت کا یہ انداز پا لیا تھا۔ میں کانٹوں پر جی رہی تھی پھر بھی محسوس کر رہی تھی پھولوں کی گود میں پل رہی ہوں۔ ان کا کام کرتے تھکن کی بجائے تازگی محسوس ہوتی۔ ان کے غم میرے غم تھے۔ ان کی خوشیاں میری خوشیاں، ان کے پیارے میرے پیارے!

اور اب میرا دل یہ سوچ سوچ کر کیسے بیٹھا جا رہا تھا کہ میرے اتنے پیارے بڑے بھیّا پائلٹ بن جانے کی سوچ رہے تھے۔ ہائے ان طیّاروں کا کیا بھروسہ آسمان کی فضا میں چلے جاتے ہیں۔ ذرا کوئی خرابی آئی اور دھم سے زمین پر! کیا میں اپنے پیار کی آخری کرن کو بھی اندھیرے میں ڈوبتا دیکھوں گی؟ اس دن میں نے بڑی بے بسی سے بھیّا سے منّت کی تھی۔ "بڑے بھیّا بخدا اس کے لئے آپ کوئی اور لائن ڈھونڈیئے۔ یہ آپ کو کیا سوجھی۔ خدا نہ کرے کچھ ہو گیا تو؟ مجھے ان طیّاروں کو دیکھ کر کبھی کوئی اچھا خیال نہیں آتا۔"

بڑے بھیّا ہنس کر پیار سے میرے سر پر ہاتھ رکھ کر بولے۔ "نہ جانے کہاں کہاں سے بے سرو پا باتیں سن آتی ہے۔ کس نے تجھ سے کہہ دیا میں پائلٹ بن رہا ہوں۔

میں کہاں، وہ تو وکی سوچ رہا ہے۔"

اور جیسے وہ کچھ رُک سے گئے۔

نہ جانے کہاں سے سرسر کرتی آگ کی بڑی بڑی لپٹیں آئیں اور جیسے میرے انگ انگ کو جلا گئیں۔ جھلس گئیں۔

" وکّی ——— وکّی ——— وکّی ———" میں ذرا رکتے رکتے بولی۔

" مگر بھیّا آپ انھیں منع کیوں نہیں کرتے؟"

اُسی وقت سلمیٰ آپا، ثریا باجی، وقار سب کے سب کمرے میں گھس آئے۔

بڑے بھیّا ہنس کر بولے۔

" شنجو! موت تو انسان کو ایک ہی بار آتی ہے اور قسمت کا لکھا ہوا کبھی ٹل نہیں سکتا۔ چاہے آدمی پرواز کرتا ہوا مرے یا زمین پر پڑے پڑے مر جائے۔"

وقار ہنس کر بولا۔

" ذکر میرا مجھ سے بہتر ہے کہ اس محفل میں ہے۔ کیوں یار! یہ پرواز وغیرہ کا کیا چکّر چل رہا ہے؟"

بڑے بھیّا بڑی سادگی سے بولے۔

" شنجو چاہتی ہے کہ تم پائلٹ نہ بنو۔ جہاز سے گر پڑو گے اور مر جاؤ گے۔"

وقار مجھے ایک نظر دیکھ کر بولا۔

" یہ زمین اور آسمان پر مرنے کا کیا سلسلہ ہے۔ کبھی کبھی تو کسی کو دیکھ کر بھی قضا آجاتی ہے۔"

سلمیٰ آپا نے بھنّا کر مجھے گھورا۔

" یہ وہمی ماں کی وہمی لڑکی۔ خواہ مخواہ ہر بات میں بُرا پہلو ڈھونڈ نکالتی ہے ——— !"

میں نے لرز کر انھیں دیکھا۔ آنسوؤں سے میری آنکھیں بھر گئیں۔

"اللہ نہ کرے آپا جو میں کسی کا بُرا چاہوں۔ یہ دل ہی کم بخت عجیب ہے۔" اور میں اُلٹے پاؤں وہاں سے نکل آئی۔

زندگی میں کبھی ایسی کیفیت نہیں ہوئی تھی۔ دل نے جیسے دھڑکنا چھوڑ دیا تھا۔ رات کو کتنی ہی دیر تک آنکھ نہ لگتی۔ لگتی تو کھل کھل جاتی۔ آنسو اپنے آپ اُمڈے چلے آتے۔ ایک دن میں نے بہت سہم کر سوچا۔

"مجھے وقار سے محبت تو نہیں ہو گئی ہے؟"

محبّت ہوتی کیسے؟ وقار کے اور میرے راستے الگ الگ تھے۔ دن بھر وہ سلمیٰ آپا، باجی ثریا کے ساتھ رہتا۔ جانے کیا کیا ہنگامے ہوتے رہتے۔ کبھی کبھار ہی وہ میرے کمرے کی طرف آتا۔ باتیں بھی بالکل سیدھی سادی ہیروؤں والی قطعی کوئی ادا نہیں۔ نہ اُس نے کبھی میری تصویریں ہی لیں، نہ کبھی سیر کرنے کو کہا۔ نہ کبھی میری تعریف کی، نہ اُلاہنہ دیا۔ اُس کا موضوع یہی باتیں ہوتی تھیں۔

"شجّو! اتنا کام کیوں کرتی ہے تو؟"

"شجّو! دیکھ تیرے کپڑے کتنے گندے ہو گئے ہیں!"

"شجّو! تیرا رنگ تو سانولا ہے لیکن بال کیسے سنہرے ہیں!"

"شجّو! تیری آنکھیں دیکھ کر بجھے ہوئے چراغوں کا خیال کیوں آتا ہے؟"

میرے پاس ان تمام سوالوں کا جواب خاموشی تھی۔ کتنی جلدی اُس نے تکلف کی ساری منزلیں طے کر ڈالیں۔ کس مزے سے میرا آدھا نام لے کر تُو کہہ کر پکارتا ہے۔ میں ایک بار ہنس کر بولی۔

"یہ آپ مجھے کس مزے سے تو کہتے ہیں!"

"تو کہنے سے پیار جھلکتا ہے۔ تو مجھے اچھی لگتی ہے۔ تجھ پر پیار آتا ہے۔ بس اسی لئے تو کہتا ہوں۔ ورنہ اب یہ سلمیٰ ہے، ثریّا ہے اور خود میری اپنی نکہت ہے۔ ان سب کو کبھی میں تو کہہ کر پکارتا ہوں!؟"

اور یہ بات اُس نے سب کے سامنے بڑی سچائی سے کہی تھی۔ سلمیٰ آپا نے اپنے کالے بالوں کو انگریزی دواؤں سے بھگو بھگو کر سنہرا کر لیا۔ خاموشی جان بوجھ کر اختیار کر لی کہ چہرہ اور آنکھیں غمگین نظر آئیں۔ بھڑک دار کپڑے چھوڑ کر سادہ کپڑوں پر اُتر آئیں۔ لیکن وقار نے کوئی نوٹس ہی نہ لیا۔ ایک دن بڑی حیرت سے سلمیٰ آپا کو دیکھ کر بولا۔

"یہ اچھی طرح رہتے بستے جوگنوں کا سا بھیس کیوں لے لیا؟ قسم اللہ کی بڑی بونق نظر آنے لگی ہو۔ تم تو بس سجی بنی گڑیا ہی بھلی لگتی ہو۔ سادگی ہر کسی پر تو بھلی نہیں لگتی۔"

میں نے شانے کے پاس سے پھٹے ہوئے اپنے بلاؤز کو آنچل سے ڈھانکنے کی ناکام کوشش کرتے ہوئے۔ آنکھوں ہی آنکھوں میں بڑی بے چارگی سے کہا۔

"وکّی پلیز! خدا کے لئے رحم کرو۔ میں جینا چاہتی ہوں!"

اس دن حسبِ معمول میں ٹیرس پر چراغ جلائے بیٹھی تھی کہ پیچھے سے دبے پاؤں وقار آ گیا۔ میں نے مدھم سی چاپ سن لی تھی۔ مڑ کر دیکھا۔ چراغ کا اجالا اس کے چہرے پر محبت کا نور بن کر جگمگا رہا تھا (یا ممکن ہے میں ہی ایسا سمجھی ہوں۔)

"کب تک چراغ جلائے جاؤ گی شبّو؟"

وہ ہنس کر بولا۔

"جب تک مجھے منزل نہیں مل جاتی!" میں جھکے جھکے ہی بولی۔

"اور اگر جان لو کہ منزل سامنے ہی ہے تو؟"

میں کانپ کر بولی۔

"پھر تو میں ایک چراغ کے بجائے ہزاروں چراغ جلاؤں گی۔ دیوالی مناؤں گی تھیں پتہ ہے وکّی جب رام بن باس پورا کر کے لوٹے تو ہر ہر قدم پر ساتھ چراغ ہی چراغ....."

میرا گلا خشک ہو گیا۔

میں نے بات ادھوری چھوڑ کر اُسے دیکھا۔

"تم کس رام کی سیتا ہو شنّو!؟"

وہ گیلی گیلی آواز سے پوچھ رہا تھا۔

"میں جس کی آس میں عمر بھر سے چراغ جلاتی آ رہی ہوں کہ میرے دُوار سے اندھیرا دیکھ کر وہ واپس نہ لوٹ جائے........"

اُسی لمحہ چراغ زور سے بھڑکا۔

"شاید تیل ختم ہو رہا ہے!"

"پروا نہیں، میں اپنے آنسوؤں سے اس روشنی کی زندگی بچالوں گی۔"

وکّی نے پھونک مار کر چراغ بجھا دیا۔

"جب صبح ہو جائے تو روشنی کی ضرورت نہیں رہتی۔ اور پھر چراغ تو یوں بھی حاسد مشہور ہے، جلنے والا!"

گھور تاریکی میں مجھے زندگی کے بھر پور اُجالے مل گئے۔ وقار کے ہاتھوں کا صرف ایک محبت بھرا لمس..... میرے ازلی دُکھ مٹ گئے۔ راہیں چمکیلی اور روشن ہو گئیں میں تنہا نہیں۔ ہم دو ہیں! دو ہیں!!' جیسے آپ ہی آپ میرا من گنگنا اٹھا!

اُس شام بڑے بھیا باہر سے لوٹے تو ہنس کر وقار سے بولے۔
" لاؤ یار مٹھائی کھلاؤ۔ تمھاری پوسٹنگ کی خوشی میں!"
میں حیران رہ گئی۔" پوسٹنگ؟ کیسی پوسٹنگ؟! ابھی تو کچھ ہوا ہی نہیں، یہ سروس کیسی؟"

پھر بھیا نے بتایا کہ وقار بہت دنوں پہلے ٹریننگ ختم کر چکا ہے۔ وہ اسی لیے تو ہمارے پاس آیا ہے کہ اسی شہر میں اُس کی پوسٹنگ کے احکام آنے والے تھے۔ مکان ملنے تک وہ بھیا کے ساتھ ٹھہرے گا۔ میرا دل اندر ہی اندر بیٹھنے لگا۔ میرے خدا! میں اس دل کا کیا کروں؟ خداوندا! تو میرے وقار کو میرے لیے ہمیشہ زندہ رکھنا۔ ورنہ میں بن موت مر جاؤں گی۔

ماؤں کو بیٹیوں کی نوکریوں اور پھر شادیوں کی کتنی خوشی ہوتی ہے؟ اس واقعہ کے کچھ دنوں بعد کی بات ہے ڈاک میں ایک گہرے گلابی رنگ کا لفافہ آیا۔ پتہ پر وقار کا نام تھا۔ میں نے لفافہ وقار کے کمرے میں پہنچا دیا۔ گلابی رنگ کا لفافہ! بار بار میرے دل میں شبِ عروسی کے سُرخ اور گلابی چمکیلے جوڑے کا خیال جگمگاتا رہا۔ اس شام وقار شام کی چائے کے لئے باہر نہیں نکلا۔ سیر کے لیے بھی نہیں گیا۔ مغرب کے وقت وہ اُٹھا اور باہر نکل گیا۔ میں تیزی سے اس کے کمرے میں پہنچی۔ ہوا کے ہلکوروں سے گلابی رنگ کا کاغذ کانپ رہا تھا۔ بداخلاقی اور گناہ جانتے ہوئے بھی میں نے کاغذ اُٹھا لیا۔

" عزیزم وقار! تم نہیں سمجھ سکتے ایک ماں کا دل اپنے بیٹے کی کامیابی سے کتنا خوش ہوتا ہے اور یہ خوشی اُس وقت اور بھی بڑھ جاتی ہے جب ایک چھم چھماتی بہو کا تصور بھی ساتھ ہو۔ بیٹے! میں اب بہت جلد اس مبارک فرض سے

سبکدوش ہونا چاہتی ہوں۔ اِدھر تم فارن جانے کے بارے میں بھی سوچ رہے ہو اس لئے جہاں تک بنے جلدی یہ کام ہو جائے تو اچھا ہے۔ پیام تو طے ہو چکا ہے بس تمھاری آمد کی دیر ہے۔

ضروری بات یہ کہنی ہے کہ نکہت نے مجھے تمھاری پسندیدگی کے بارے میں سب کچھ لکھ دیا ہے۔ کیا بیٹے تمھیں اپنی خاندانی روایتوں کا احساس نہیں آج تک ہمارے ہاں غیر خاندان سے لڑکی نہیں لائی گئی۔ پھر تم یہ انہونی کیسے کر سکو گے؟ رضا جاوید تمھارا بے حد جگری دوست ہے۔ اس کی بہن یقیناً بہت پیاری اور اچھی ہوگی۔ لیکن ہم روایتوں میں ایسے جکڑے ہوئے ہیں کہ قدم نہیں اٹھا سکتے۔ اپنے ابا کو تم جانتے ہو۔ پٹھان ہیں۔ ذرا سی بات پر جلال میں آجاتے ہیں۔ وہ کبھی تمھاری من مانی نہ ہونے دیں گے۔ اس لئے میرے بچے! اس بات کو وہیں بھول کر آجاؤ۔ ہم تمھارا بُرا نہ چاہیں گے۔ آخر میں تمھاری ماں ہوں۔ میرا بھی تم پر کچھ حق ہے۔

تم پر ممتا نچھاور کرنے والی

تمھاری ماں

میں ایسے بوجھل قدموں سے جیسے کسی عزیز کی لاش کو دفنا کر آئی ہوں۔ کمرے سے باہر نکل گئی۔

وہ دن گزرا ——

دوسرا دِن بھی گزرا ——

زندگی میں کھوئے کھوئے پن کا احساس شدید سے شدید تر ہو گیا۔ اگر واقعی ایسا ہو گیا، میں وقار کی نہ ہو سکی تو کیسے جیوں گی۔

وقار اپنے کمرے میں تھا۔ میں چائے کی ٹرے سنبھالے داخل ہوئی۔ وہ کھڑکی سے پرے جانے کیا کھوج رہا تھا۔ چہرہ جیسے برسوں کا بیمار۔ پیلی زرد رنگت۔ میرے خدا! یہ وقار ہے؟ میں نے رُک رُک کر دھیرے سے کہا ؎

"دو روز ہی میں آپ کا چہرہ اُتر گیا!"

وقار نے بڑی غمگین نگاہوں سے مجھے دیکھا۔ اور پھر تڑپ کر میرا ہاتھ پکڑ کر بولا۔

"للّٰہ آپ مجھ سے محبت نہ کیجئے!"

اور تیزی سے باہر نکل گیا۔

میں وقار سے محبت نہ کروں تو جیوں کیسے؟ اور پھر محبت میں کرنے نہ کرنے کا سوال ہی کہاں رہ جاتا ہے۔ وہ تو چاند کی جگمگاتی کرنوں کی طرح میرے جیون میں چلی آئی ہے۔ اس چاندنی کو کیسے دُور کر دوں خدایا؟

میں نے بے بسی سے دونوں ہاتھوں سے اپنا چہرہ ڈھانپ لیا۔

دن ایسے گزرنے لگے جیسے وقت کے پاؤں میں بوجھل پتھر بندھے ہوں گھِسٹ گھِسٹ کر۔ زندگی اُسی محور پر گھومنے لگی۔ کچن کے چکر، بچّوں کے اُدھم شور، ہنگامے شاپنگ، پکنک، سب کا سب جہاں کے تہاں ہوتے ہوئے بھی بدلے پن کا احساس دل کو ڈستا رہتا۔

اُس دن اپنی ڈھٹائی پر میں خود ہی حیرت زدہ رہ گئی۔ میں وقار کے سامنے کھڑی کہہ رہی تھی۔

"وکّی! میں شاہزادی ہو کر بھکارنوں کی طرح تمھارے آگے ہاتھ پھیلا رہی ہوں! کیا میری جھولی یونہی خالی رہ جائے گی؟"

وقار سُن رہ گیا۔

میں اُسی انداز میں بولی۔

"وکی! میں تمھاری زندگی میں بہار بن کر آنا چاہتی ہوں۔"

اُس دن میں نے بڑے اہتمام سے قوسِ قزح کے رنگوں والی ساڑی پہنی تھی آنکھوں میں کاجل لگا رکھا تھا۔ ہمیشہ بکھرے رہنے والے بالوں کو میں نے ربن سے قید کرلیا تھا۔ وقار نے سر اٹھا کر مجھے بھرپور نگاہوں سے دیکھا۔ پھر بڑے ٹھنڈے لہجے میں بولا۔

"میں تو خزاں رسیدہ باغ ہوں شبّو! وہاں پہنچتے پہنچتے تو بہار کی حسین پری کے پر جل کر راکھ ہوجائیں گے۔" وہ چہرہ ڈھانپ کر کرب سے بولے۔"بھول جاؤ بھول جاؤ، خدا کے لئے اس خواب کو بھول جاؤ!"

میں حیرت سے چیخی۔

"وکّی یہ خواب نہیں ہے۔ میری طرف دیکھو۔ میں زندگی کی بھرپور حقیقت ہوں۔ میں تمھاری ہوکر جی رہی ہوں۔ تمھاری ہوکر مرنا چاہتی ہوں۔ وکّی اسے خواب نہ کہو۔ یہ تو زندگی کی بڑی سہانی سچّائی ہے۔ یہ تو محبت ہے وکّی!" —— وقار پھُوٹ پھُوٹ کر رو دیا۔

میں آنسوؤں کے دیپ جلاؤں یا مسکراہٹوں کے پھول بکھیروں، میں کب تک منتظر رہوں؟ اب کون اس رہ گزر پر اپنے قدم رکھے گا؟ دل کے زخم پر کون مرہم کا پھاہا لگائے گا۔ بیڈ ٹی سرہانے پڑی پڑی برف ہوجائے۔ میں روزانہ حساب لکھتے ہوئے، دھوبن کو کپڑے دیتے ہوئے کسی کو خط لکھتے ہوئے یا بار بار سیاہی سے بھرا پین دوات میں ڈبوتی جاؤں کوئی یہ نہ کہے گا۔

"پاگل! قلم تو سیاہی سے تر ہے۔ پھر کیوں ڈبوئے جاتی ہے۔ یہ کیا چکر ہے؟"
میرے بالوں کا سونا دمک دمک کر راہوں کو جگمگا دے۔ میرے جسم کی چاندی چمک چمک کر اندھیرے میں اُجالے بکھیر دے تو بھی ان راہوں پر چل کر کوئی مجھ تک نہ آئے گا۔
ہائے وہ مسافر کیسا راستہ بھولا ہے کہ شہ نشین پر جلتے ہوئے چراغ بھی اُسے راہ نہیں دِکھا سکتے۔
سب کہتے ہیں وہ ابھی نیا نیا تھا۔ اُس نے بھولے سے اپنا طیارہ کسی چٹان سے ٹکرا دیا ہوگا۔ لیکن میں کیسے یقین کر لوں۔ مجھے اُس کی الماری میں سے نکلا ہوا وہ کاغذ کا ننھا سا پرزہ بھولتا ہی نہیں۔" میں ان دنوں عجیب سے دوراہے پر کھڑا ہوں۔ خود کو زندگی میں اتنا لاچار میں نے کبھی محسوس نہیں کیا تھا۔ میں چاہوں تو بغاوت کر سکتا ہوں۔ شجّو کو اپنا سکتا ہوں۔ یہ کوئی بڑی بات نہیں ہے۔ لیکن امّی کے دل کا خیال آتا ہے۔ نہ انھوں نے شجّو کو دیکھا ہے، نہ اس کے بارے میں میری طرح سوچ سکتی ہیں۔ انھیں بس اپنی بھانجی کا تصور عزیز ہے میں شجّو سے شادی کر بھی لوں تو وہ کیا کر لیں گی؟ لیکن ساری عمر میرے سینے میں یہ پھانس کھٹکتی رہے گی کہ میں نے ماں جیسی ہستی کا دل توڑا ہے۔ اور شجّو سے منہ پھیرتا ہوں تو زندگی میں کبھی سکھ سے سانس نہ لے پاؤں گا۔ اتنی معصوم موہنی شکل، جیسے ساری دُنیا کے غم اُسی کے چہرے کا مقدّر ہوں میں یہ ظلم اُس پر ڈھاؤں تو جیوں کیسے؟ کیا یہ بہتر نہ ہوگا کہ میں خود ہی راستے سے ہٹ جاؤں۔ کم از کم اپنی آنکھوں سے یہ تو نہ دیکھ سکوں گا کہ میں نے کسی دل کو تڑپتا چھوڑ دیا ہے۔ ہاں یہی ٹھیک ہے۔
کاش شجّو ایک بار یہ جان لیتی کہ میں اسی کے لئے جیا، اُسی کے لئے مرا۔۔۔!"

بہت دنوں بعد ایک اُداس سی سہ پہر کو کال بیل بجی۔ میں نے ڈرائنگ روم میں جاکر دیکھا۔ سفید شرٹ اور سفید پینٹ میں ملبوس ایک غمزدہ سی صورت نے میرا استقبال کیا۔

"آپ کو اُس جان لیوا حادثے کا علم تو ہوگا ہی" وہ گھٹی گھٹی آواز میں کہہ رہا تھا۔ "وہ میرا جگری دوست تھا۔ آخری پرواز سے پہلے اس نے یہ امانت مجھے دی تھی کہ کبھی زندگی میں موقع ملے تو آپ تک پہنچا دوں"

اس نے منہ پھیر کر آنکھیں صاف کیں۔ اور پھر میرے بے جان، پھیلے ہوئے ہاتھوں میں ایک بوسیدہ سا لفافہ رکھ دیا۔

میں نے کسی غیبی طاقت کے زیرِ اثر وہ لفافہ کھولا۔ ایک تصویر تو میری اپنی اور دوسری خود وقّی کی تھی۔ اُس پر باریک حرفوں میں لکھا ہوا تھا ؎

خاک میں مل جائے گا جب میری ہستی کا نشاں

تازہ ہوگی یادگارِ زلیست اس تصویر سے

کھڑے کھڑے بہت دیر ہوگئی۔ نہ میں ہنس سکی نہ رو سکی۔ نووارد نے بھیگی بھیگی آواز سے پوچھا۔

"میں نے ہمیشہ وقار کی جیب میں آپ کی تصویر دیکھی۔ میں جان سکتا ہوں کہ مرنے والے سے آپ کا کیا تعلق تھا؟"

زندگی بھر کی کنواری اور مسکراتی آرزوئیں گنگناتی آئیں اور میرے ہونٹوں سے لپٹ پڑیں "میں اُن کی دلہن تھی —— میں اس کی دلہن تھی —— دلہن۔ —— دلہن ——" مگر آنسوؤں نے میرے گلے میں پھندا ڈال دیا۔ اور میں کچھ نہ کہہ سکی۔

اب میں نے شہ نشین پر چراغ جلانے چھوڑ دیئے ہیں۔ کیوں کہ جس مسافر کو منزل پانی تھی وہ تو راستے سے بھٹک گیا۔ جن دو ساتھیوں کو ایک دوسرے کا ہاتھ تھام کر پیار کی راہیں طے کرنی تھیں۔ وہ بچھڑ چکے ہیں ـــــــ وہ مسافر، وہ ساتھی اس تاروں بھری رہگزر پر قدم رکھتا دُور ـــــــ دُور ـــــــ اور دُور چلا گیا ہے اور میں اندھیروں کو دل میں پالے ہمیشہ کہتی رہوں گی۔

"میں اِس بھری پُری دنیا میں تنہا ہوں!"

"میں تنہا ہوں ـــــــ !!"

آواز تو دے کوئی

چھن چھن کرتا تانگہ کوٹھی کے شاندار پھاٹک پر آکر رک گیا۔

"سواریاں اترواؤ بھائی۔" تانگے والے نے ہانک لگائی۔ چوکی دار اپنا صافہ سنبھالتا زنان خانے کی طرف لپکا اور اندر منہ ڈال کر چلایا۔ "ماما بی، کوئی زنانی سواریاں تانگے پر آئی ہیں —"

تھوڑی ہی دیر میں بڑی سی کوٹھی میں بھگدڑ سی مچ گئی —— اے لو، جس کوٹھی میں ہمیشہ لمبی لمبی موٹر گاڑیاں آتی رہتی ہوں یہ نامراد تانگے پر لد کر کون آگیا۔ لڑکیاں بالیاں آنکھوں میں حیرت اور تجسس لئے لان میں نکل آئیں جہاں سے پھاٹک صاف نظر آتا تھا۔

"اللہ جانے کون آیا ہے؟" ماما بڑبڑائی۔ "بیگم صاحب تو باہر گئی ہیں۔ نئے لوگ۔ اتاروں کیسے؟"

تانگے میں سے ایک سن رسیدہ بی بی اتریں۔ ان کے پیچھے سترہ اٹھارہ سال کی ایک نازک سی لڑکی۔

"او مائی گاڈ!" کوئی لڑکی چلائی —— "ایک دم ہم ہی لوگوں کی عمر کی ایک لڑکی بھی ساتھ ہے۔"

چار، پانچ لڑکیاں کھسر پھسر کرتی آگے بڑھ آئیں، اتنے بڑے پھاٹک کے سامنے جہاں آنکھیں صرف کاریں ہی دیکھنے کی عادی ہوں تانگہ خاصا مضحکہ خیز لگ رہا تھا۔ اور دیکھنے والیوں کو اچھا خاصا تماشا فراہم کر رہا تھا۔ کھسر پھسر اب ہلکی ہلکی ہنسی اور اور فقروں میں بدلنے لگی۔

" امی مجھے تو ڈر لگ رہا ہے۔ کہیں ہم غلط جگہ تو نہیں آگئے؟" تانگے والی لڑکی گھبرا کر اپنی ماں سے بولی۔

" ڈر کی کونسی بات ہے بٹیا۔ ہم غلط جگہ نہیں آئے۔ میں نے بارہا تصویروں میں یہ کوٹھی دیکھی ہے۔ یہ تمہاری خالہ ہی کی ہے۔ تم ذرا یہیں کھڑی رہو۔ اتنے میں ذرا معلوم کر کے آتی ہوں۔"

گیراج کے پاس دو تین ڈرائیور بیٹھے آپس میں باتیں کر رہے تھے۔ ذرا آگے بڑھ کر ایک بیحد قبول صورت صحت مند جوان لڑکا نیلے رنگ کی ایک کار کے نیچے اوندھا لیٹا کچھ کھٹر پٹر کئے جا رہا تھا۔ وہ ڈرائیوروں کے پاس جا کر کچھ ٹھٹھکیں۔

" سننا بھیا ـــ کیا یہی خان محمد فیروز کی کوٹھی ہے؟"

ایک ڈرائیور نے آگے بڑھ کر شائستگی سے جواب دیا۔ " جی ہاں یہی خاں صاحب کی کوٹھی ہے ـــ آپ کو ان سے کچھ کام ہے؟ ویسے صاحب اور بیگم صاحبہ شاپنگ کے لئے باہر گئے ہوئے ہیں۔"

اتنے میں وہ لڑکا کار کے نیچے سے برآمد ہو چکا تھا۔ کالک بھرے ہاتھ ایک چھوٹے سے تولئے سے پونچھتے، وہ کچھ حیران سا آگے بڑھ آیا۔

" فرمایئے، میں آپ کی کیا خدمت کر سکتا ہوں؟"

وہ نرم دلی سے مسکرائیں۔ " اللہ تمہیں خوش رکھے بیٹا۔ بس اتنا ہی یقین کرنا تھا

کہ ہم راستہ تو نہیں بھول گئے۔ ہمیں اسی کوٹھی میں آنا تھا" اتنا کہہ کر وہ جلدی جلدی تانگے کی کی طرف چل دیں ایک چھوٹا سا بکس، ایلومنیم کا ایک توشے دان، ٹونٹی والا ایک لوٹا ایک گلاس، ایک بانس کی ٹوکری ــــ وہ جلدی جلدی سارا سامان اتارتی گئیں۔

"شی! اے بھائی جان شش!" ایک لڑکی ہونٹوں پر انگلی رکھ کر سرگوشی کے سے انداز میں بلانے لگی۔" ادھر تو آیئے ذرا۔"

امتیاز لڑکیوں کے قریب جا کھڑا ہوا۔

رباب ہنس کر بولی۔ "یہ کون سے چڑیا گھر کے جانور ہیں" نکہت بناوٹی حیرت سے بولی۔ "مجھے نہیں معلوم ــــ اری یہ سیدھے جنگل سے پکڑ کر لائے گئے ہیں پھر تو سدھانے میں بہت دن لگ جائیں گے۔" دلشاد ٹھنڈی سانس بھر کر بولی۔"

تانگہ والا اپنی سیٹ پر چڑھ بیٹھا۔ پیسے گن کر اپنی جیب میں ڈالے اور کوڑا لہراتا ہوا ہوا ہو گیا۔ حسن رسیدہ بی بی نے توشے دان بیٹی کو پکڑایا۔ خود بکس اور ٹرنک سنبھال کر ماما کا منہ دیکھنے لگیں لڑکی نے سر گھما کر پیچھے کھڑی لڑکیوں کو پہلی بار چھچھلتی نظر سے دیکھا۔

"انسان بھی اس قدر حسین ہو سکتے ہیں!" امتیاز حیرت سے بولا۔

یاسمین نے جل کر اُسے دیکھا۔

رباب ذرا تیزی سے بولی۔" بھائی جان! آپ بُک ہو چکے ہیں۔ اب کسی کے حُسن سے آپ کو کیا لینا دینا۔"

"ارے بھائی۔" وہ ہنس کر بولا۔" میں تو اس کی امّی کے بارے میں کہہ رہا تھا۔ دیکھو تو کس درجہ حسین ہیں۔ نگاہ نہیں ٹھہرتی۔ اصل میں تم لوگوں کے دل میں چور ہے نا حاسد مرغیو؟"۔

" ویسے آپ کی اطلاع کے لئے عرض ہے کہ ماں بیٹی کے حسن میں صرف عمر کا ہی فرق ہے۔

بیٹی بالکل ماں کا ہی عکس ہے۔ لیکن اس حسین عکس کا فائدہ !" یاسمین نے ناک چڑھا کر امتیاز کو انگوٹھا دکھایا۔

اتنے میں زور زور سے ہارن بجا اور ایک لمبی سی گاڑی کوٹھی میں داخل ہوئی۔ سب اپنی اپنی جگہ سمٹ گئے۔ گاڑی کے رکتے ہی باوردی ڈرائیور لپک کر اترا اور گاڑی کا دروازہ کھول کر مؤدب کھڑا ہو گیا۔ پیچھے کی سیٹ سے پہلے ایک معمولی شکل و صورت کی بھاری بھرکم خاتون اتریں۔ ان کے پیچھے ایک بے حد وجیہہ اور بارعب شخصیت۔ انھیں دیکھتے ہی تانگے والی خاتون لپکیں اور "باجی جان" کہہ کر ان سے لپٹ گئیں۔

" ارے ثریا، تم ؟" وہ ذرا بناوٹی خوشی کا اظہار کرتی ہوئی پیچھے ہٹیں۔ "کہو اچھی طرح آگئیں نا؟ ہماری کوٹھی کا پتہ تو ٹھیک طرح مل گیا؟" پھر وہ حیرت سے تکتے بچوں کی طرف مڑیں۔

" ارے بچو ___ ان سے ملے ___ یہ تمہاری خالہ ہیں ___ ہاں سگی خالہ۔ یہ میری سگی چھوٹی بہن ہیں۔ اتفاق کچھ ایسا رہا کہ تم لوگوں نے بڑے ہو کر انھیں دیکھا ہی نہیں اور نہ یہ کبھی ہمارے ہاں آئیں۔ لاکھ خط بلاوے بھیجے مگر کبھی اپنا گھر نہ چھوڑا۔ بس یہ بھلی، ان کا گھر بھلا۔ خود آتیں نہ آتیں، کم از کم اپنی لڑکی کو بھیجا ہوتا، وہ بھی نہ ہوا ۔" وہ ایک دم کچھ چونکیں۔ " ارے ثریا، تمہاری بیٹی کہاں ہے ؟"

اور یوں جیسے اودی اودی بدلیوں سے سنہرا چاند جھلکے، اس نے اپنا چہرہ ڈرتے شرماتے اٹھایا ___ لانبی لانبی پلکوں تلے سنہری سنہری بولتی ہوئی آنکھیں ہچانک پتہ نہیں کس احساس سے گیلی گیلی ہو گئیں۔ اس نے سہم کر تسلے دان نیچے رکھا اور سونے کا پنجہ کندن ایسی دمکتی پیشانی سے چھوا دیا۔

وہ حیرت سے ایسی سن رہ گئیں کہ سلام کا جواب دینا بھی نہ سوجھا ___

اچانک وہ سنبھلیں۔ "ثریا، نام کیا رکھا ہے بیٹی کا؟"۔

"میرے اجڑے کھنڈر کا یہی تو ایک چراغ ہے، باجی جان۔ جب کبھی مجھے زندگی میں شدید اندھیرے کا احساس ہوا میں نے اسے روشنی کا نام دے دیا۔ جب کبھی خزاؤں نے مجھے آنسو بخشے، میں نے اپنی بیٹی کو بہار کہہ کر بلایا جب کبھی مایوسیوں نے مجھ سے حوصلے چھیننے میں نے اپنی بیٹی کو امید کہہ کر پکارا۔ جب کبھی مجھے احساس ہوا کہ زندگی صرف غم ہی غم ہے میں نے اسے مسرت کہہ کر بلایا۔ یہ میرے لیئے روشنی بھی ہے، بہار بھی، امید بھی، مسرت بھی۔"

جذبات محبت بن کر ثریا بی کے چہرے پر چھاگئے مگر زبان خاموش رہی تو وہ خود اسی سے مخاطب ہوگئیں۔ "لڑکی کیا نام ہے تمہارا۔؟"

لڑکی ـــ

لڑکی ـــ

لڑکی ـــ

آپ جو میری ماں کی سگی بہن ہیں۔ میری سگی خالہ۔ اگر آپ کو میرا نام نہیں بھی معلوم تو بھی آپ مجھے۔ بیٹی کہہ کر تو مخاطب کر ہی سکتی تھیں ـــــ امی اس کوٹھی کی دیواریں بہت اونچی ہیں۔ بہت اونچی، اگر ہم یہاں رہ گئے تو قید ہو کر رہ جائیں گے۔ کبھی ان دیواروں کو پھلانگ نہیں سکیں گے ـــ "خدا کے لئے یہاں سے چل نکلئے امی میرا سر چکرا رہا ہے..."

ثریا بی ایک غمناک سی مسکراہٹ کے ساتھ بولیں۔ "باجی جان اس کا نام اس کے ابو نے شبنم رکھا تھا۔"

"بڑا ہی صاف شفاف نام ہے۔" خاں صاحب نے پہلی بار زبان کھولی۔

امتیاز کو پر شوق نگاہوں سے شبنم کی طرف دیکھتا پاکر بیگم صاحبہ خفگی سے بولیں۔

"صاحب زادے، یہ کیا حالت بنا رکھی ہے؟ کیا سارے ڈرائیور اور میکانک مر گئے تھے جو آپ پھر گاڑی کی تیمارداری میں جٹ گئے تھے؟"

امتیاز گھبرا کر بولا۔"وہ — وہ....... جی....... ممی..... دراصل م — م — میں......"

"یوں ہکلانا چھوڑیئے، نہا دھو کر شریف آدمی بنیئے اور یاسمین اور بہنوں کو ساحلِ سمندر پر اپنی گاڑی میں گھما لائیے۔" پھر وہ اپنی پیش خدمت کی طرف مڑ کر بولیں۔"آنا جی کے برابر والا کمرہ ان مہمانوں کے لیئے ٹھیک کر دو۔"

جلتے جلتے وہ رکیں۔"اور سنو ثریا، انسان کو ماحول کا غلام بننا پڑتا ہے۔ تم خود دیکھ لوگی کہ یہاں ہمارے ملنے جلنے والوں کا ایک حلقہ ہے۔ خیال رہے کہ تم ہماری رشتہ دار ہو —" انھوں نے کچھ ٹھٹھک کر شبنم کی طرف نظر ڈالی۔"تمھاری عمر کی یہاں کئی لڑکیاں ہیں ان کے کپڑے تمھارے ٹھیک آجائیں گے — آیا —" انھوں نے دور کھڑی ایک نوکرانی کو مخاطب کیا۔"دلشاد کے دو تین پرانے جوڑے نکال کر انھیں دے دو — اور سنو شبنم، نہا دھو کر ذرا سلیقے کی لڑکی بن جاؤ — ویسے تم ہو کافی خوبصورت؟"

"بہت بہتر خالہ امی —" شبنم نے سہم کر جواب دیا۔

"ذرا رکو۔" وہ رعونت سے بولیں۔"آؤ تمھیں بتادوں کہ یہاں کون کون ہیں۔ یہ یاسمین ہے۔" انھوں نے ایک بے حد ماڈرن، بیل باٹم سوٹ پہنے ہوئے لڑکی کی طرف اشارہ کیا جس کے بال لڑکوں کی طرح چھوٹے چھوٹے تھے اور بڑی مشکل سے گردن تک پہنچ پا رہے تھے۔"یہ صاحب زادہ امتیاز کی ہونے والی دلہن ہے اور یہ ہیں میری تین لڑکیاں — رباب، نکہت اور دلشاد۔ میرا چھوٹا لڑکا اعجاز کانونٹ گیا ہوا ہے۔ پھر ادھر کوٹھی ہیں خان صاحب کی بہن کے بچے ہیں اور بھی دوسرے

غریب رشتے دار ہیں۔ سب سے مل جل کر رہنا — اور یہ میرے بڑے لڑکے صاحبزادہ امتیاز علی ہیں۔ دراصل ان ہی کی شادی کی تیاری کے سلسلے میں میں نے ثریا کو اور تمھیں بلایا ہے۔ ویسے رباب کا جہیز بھی تیار کرنا ہے اور یاسمین کا چڑھاوا بھی۔ ڈھیر سارے کام ہیں۔ لوگ بھی ڈھیر سارے ہیں لیکن مجھے یاد تھا کہ بچپن میں ثریا بے حد نفیس سلائی کڑھائی کرتی تھی مجھے یقین تھا کہ اس نے تمھیں بھی اپنے ہی نقشِ قدم پر چلایا ہو گا —" یہاں انھوں نے رک کر ذرا مسکرا کر ثریا بی بی کو دیکھا جو تصویرِ حیرت بنی بہن کی باتیں سن رہی تھیں۔

"بھلا بازاروں میں بھی کہیں گوٹے کناری کا رچوب اور سلمے ستارے کے نفیس کام ہو سکتے ہیں؟ خدا نے ہر عیش دیا، ہر خوشی دی، بس اب ایک خوشی کی اور تمنا ہے صاحبزادے کا چڑھاوا ایسا ہو کہ سارے شہر والے منہ دیکھتے رہ جائیں۔"

شبنم نے اپنی دھواں نگاہیں اٹھا کر انھیں دیکھا اور دھیمے سے بولی۔

"خالہ امّی اطمینان رکھیے۔ اللہ نے چاہا تو آپ کی یہ خوشی بھی پوری ہو کر رہے گی۔"

دلشاد کے پرانے جوڑے وہیں ٹیبل پر رکھے رہے۔ شبنم نے نہا کر اپنے ہی پاس کے کپڑے پہن لئے تھے۔ ہلکے سنہری رنگ کا چوڑی دار پاجامہ، ڈھیلا کرتا اور اسی رنگ کا ململ کا دوپٹہ۔ بالوں کا شہد کے رنگ والے بالوں کا ایک ڈھیر اس کی پیٹھ پر جھول رہا تھا۔ آنکھیں آنسوؤں سے لبریز تھیں اور وہ چھپر کھٹ کی پٹی سے لگی ہتھیلی میں چہرے کا چاند لئے یوں اداس بیٹھی تھی کہ کٹھور سے کٹھور دل بھی اسے اس حال میں دیکھتا تو کانپ اٹھتا۔

"امّی اپنی شدید غریبی اور بیوگی کے باوجود مارے غیرت کے اپنے سگوں سے دور رہنے کا فیصلہ کتنا اچھا تھا! مگر امّی — خالہ امّی کے اچانک بلا دینے پر آپ کیسے کیسے خوش ہوئی تھیں؟ آپ خوشی سے بے حال ہو ہو کر کہہ رہی تھیں۔ شبّو بیٹی دیکھا! خون

آخر خون ہی ہوتا ہے؟ مدتوں بعد غریب بہن کا خیال آ ہی گیا کس طرح جتن سے لکھا ہے۔ ثریا تمھیں کسی بھی حال میں آنا ہی پڑے گا۔ اگر تم نہیں آؤ گی تو میں اپنے بیٹے کی شادی کا ہنگامہ کھڑا ہی نہیں کروں گی۔ دیکھو اس طرح شدید اصرار سے کبھی کسی نے بلایا ہوگا؟ بیٹی لو اب تو ماضی کی سب یادیں دفن ہی کر دیں اور چلے چلیں میں کیسے کیسے کہتی تھی کہ امّی اپنی کٹیا بھلی کسی کے محلے دو محلے جا کر کیا لینا ہے۔ مگر آپ تو یوں خوش تھیں جیسے جنّت مل گئی ہو؟ اپنی کٹیا میں جیسے بھی تھے اپنے مالک تھے۔ یہاں تو آتے ہی نوکروں کا رتبہ مل گیا ـــــ امّی، امّی! غریبی نے زندگی بھر سب سے دور رکھا تھا۔ آج بھی رہتے مگر...... ؟"

اُس نے یہ سب کہنا چاہا لیکن مظلوم اور دکھیا ماں کے چہرے کو دیکھ کر حوصلہ نہ ہوا۔ وہ آپ کڑھی جا رہی تھیں۔ قدرت کاہے کا انتقام لے رہی ہے؟ زندگی میں ایک بھی دن سکون اور آرام کا نصیب ہوا تھا جو اب حالات نے یہ ایک اور نئی کروٹ لے لی۔؟

جا نماز پر بیٹھی اس کی امّی خدا کے حضور گڑگڑا کر دعائیں مانگ رہی تھیں۔

"خدایا میں نے اپنی زندگی میں اپنی بیٹی کی خوشیوں کے سوا کسی چیز کی چاہت نہیں کی ـــــ"

"مالک اُسے سدا خوش رکھنا....."

بڑی سی ڈائیننگ ٹیبل کے گرد پورا خاندان بیٹھا ہوا تھا۔ ابھی بیروں نے سروس شروع نہیں کی تھی۔ اچانک امتیاز بول اٹھا۔

"ممّی ـــ خالہ جان ....."

ممّی نے خشمگیں نگاہوں سے گھورا۔ "صاحب زادے ہوش میں رہیے،"

رشتے اپنی حیثیت کے لوگوں کے لگائے جاتے ہیں۔ ہر نتھو خیرے کے نہیں۔"

"لیکن ممی، وہ آپ کی سگی بہن ہیں اور پھر...."

"صاحب زادے ___ کھانا شروع کیجئے۔"

"بیرا ___ کم ہیئر۔" صاحب زادہ امتیاز خاں نے بیرے کو قریب بلایا۔ ڈش میں سے خود ہی بہت سا مرغ کا قورمہ انڈیلا ___ پھر شیرمالوں سے بھرا طشت اٹھا کر چھپاک سے کمرے سے باہر نکل گئے۔ لڑکیاں ڈر کے مارے وہیں سہم کر دبک گئیں۔

"کھانے دو اسے اپنے کمرے میں اکیلا بیٹھ کر ___ تم لوگ شروع کرو۔"

لیکن صاحب زادے امتیاز خاں اپنے کمرے میں نہیں گئے۔ کھانا لے کر سیدھے وہ مہمانوں کے کمرے میں پہنچ گئے۔

شبنم انہیں اس طرح آتا دیکھ کر رونا رلانا بھول کر ہکا بکا سی کھڑی رہ گئی۔

"صاحب زادے ___ آپ ___" وہ اتنا ہی کہہ سکی۔

"شٹ اپ۔" وہ چلّایا۔ "میرا نام امتیاز ہے۔"

اچانک وہ اپنے لہجے پر شرمسار ہو اُٹھا۔ دھیرے سے وہ ثریا بی بی کے پاس بیٹھ گیا۔ "خالہ جان مجھے سخت افسوس ہے۔"

آنسو پونچھ کر وہ مسکرا کر بولیں۔ "افسوس کاہے کا بیٹا، ایسی تو کوئی بات ہوئی ہی نہیں۔"

وہ سر جھکائے مناسب الفاظ تلاش کرنے لگا۔

"خالہ جان! وہ سر کھجاتے ہوئے اٹک اٹک کر بولنے لگا۔ میں نے زندگی میں کوئی غم نہیں دیکھا تھا۔ دل میں کوئی کسک محسوس نہیں کی تھی۔" وہ بات روک کر شبنم کی طرف دکھ بھری نگاہوں سے دیکھنے لگا۔ "لیکن ان چند گھنٹوں میں جب سے آپ دونوں آئی ہیں، میرا دل ___ اندر سے بکھرا بکھرا ٹوٹا ٹوٹا سا ہو گیا ہے۔ خالہ جان مجھے ایسا

لگ رہا ہے جیسے میں پاگل نہ ہو جاؤں گا۔"

ثریا بی بی نے آگے بڑھ کر اسے گلے سے لگا لیا۔" ایسی بُری بُری باتیں منہ سے نہیں نکالتے بیٹا۔ پاگل ہوں تمھارے دشمن۔" وہ آنسوؤں سے بھری آواز میں بولیں۔

" بیٹا جتنی پیاری صورت خدا نے تمھیں دی ہے اس سے کہیں زیادہ پیاری اور حسین تمھاری سیرت بھی ہے۔"

وہ کچھ شرماتا ہوا اٹھا اور شبنم کا ہاتھ پکڑ کر بولا" چلو ہم سب کھانا کھالیں۔ آئیے خالہ جان۔"

" نہیں، نہیں۔" شبنم ڈر کر بولی۔

" صاحب زادے، آپ ہم لوگوں کے ساتھ کھانا نہ کھائیے، خالہ امی ناراض ہوں گی۔ آپ کو ان سب کے ساتھ کھانا چاہیے۔"

وہ تیزی سے اپنی خالہ کی طرف مڑا۔" خالہ جان! اس لڑکی کو سمجھا دیجیے کہ مجھے صاحب زادہ نہ کہا کرے۔ میرا نام امتیاز ہے۔"

" نام بدل جانے سے آسمان زمین نہیں ہو جایا کرتا ــــ آپ آسمان ہیں، آسمان ہی رہیں گے۔ وسیع اور بلند۔" شبنم دھیرے سے بولی" زمین کو اتنا بلند نہ کیجیے۔"

" لیکن آسمان کو بلندیاں عطا کس نے کی ہیں؟ زمین کی پستیوں نے ہی نا؟"

کھانا کھلانے کے بعد جب امتیاز کمرے سے چلا گیا تو شبنم سوچنے لگی۔ ایسا کیوں ہوتا ہے کہ جب کوئی دل کو بہت اچھا لگنے لگتا ہے تو جس جگہ زمین پر وہ پاؤں رکھتا ہے اس جگہ سجدے کرنے کو بے اختیار جی چاہنے لگتا ہے۔!

دوسری صبح بڑی سہانی تھی۔ گزرے ہوئے دن کی ہلکی سی کسک بھی کسی دل میں باقی نہیں رہ گئی تھی۔ شبنم منہ ہاتھ دھو کر اپنے کمرے میں یونہی بیٹھی ہوئی تھی کہ ایک

نوکرانی نے آکر اطلاع دی کہ "بیگم صاحبہ یاد فرما رہی ہیں۔"

ماں بیٹی لونگ روم میں پہنچیں تو دیکھا ساری لڑکیاں پہلے سے ہی وہاں موجود ہیں۔ بیگم صاحبہ کے سامنے رنگ برنگی ساڑیوں، سلمے، ستارے، گوٹے کناری، چمکیوں کا ڈھیر لگا ہوا ہے۔ انھوں نے دونوں کو دیکھتے ہی نیچے اشارہ کیا۔

"بیٹھو۔ بیٹھو۔"

دونوں صوفوں سے نیچے زمین پر بچھے قالین پر بیٹھ گئیں۔

"ثریا ___" انھوں نے بہن کو مخاطب کیا۔ "یہ کچھ ساڑیاں ہیں۔" انھوں نے ایک بڑے سے ڈھیر کو "کچھ" کہتے ہوئے اشارہ کیا۔ اس پر ماہی حال بنانا ہے سلمے سے۔ اس پر گوٹے کی ٹپا پٹی بنانی ہے۔ اس پر کامدانی بنانی ہے، بادلہ یہ رہا۔ اس سُرخ ساڑی پر سیاہ چمکیوں سے بیل بنانی ہے اس ہری ساڑی پر......"

شبنم نے گھبرا کر اپنی ماں کی طرف دیکھا۔ پھر خالہ کو۔ پھر بڑی ڈری ہوئی نیچی آواز میں بولی۔

"خالہ امی! یہ سب میں بنالوں گی۔ امی کی آنکھیں ذرا کمزور ہیں ان سے نہ بن پائیگا۔"

"اے لڑکی کام ہی کون سا بڑا سا ہے۔ صرف چودہ ہی تو ساڑیاں ہیں، ابھی غرارے پاجامے، شرارے تو میں نے نکالے ہی نہیں۔"

پتہ نہیں اسی دم کس کام سے امتیاز وہیں لونگ روم میں آگیا۔ پہلے تو وہ یہ دیکھ کر ہی حیران رہ گیا کہ سب لوگ صوفوں پر بیٹھے ہیں اور صرف یہ دونوں ماں بیٹی نیچے بیٹھی ہیں ___ پھر تھوڑی دیر رُک کر جب اُسے پتہ چلا کہ ممی کیا چکر چلا رہی ہیں تو وہ خفگی سے بولا۔ "ممی شہر میں کارچوبی کام کی ایک نہیں ہزار دکانیں ہوں گی پھر دماغ سوزی کا یہ کام آپ ان بے چاریوں کو کیوں دئیے دے رہی ہیں؟"

"صاحبزادے!" وہ غصّہ سے بولیں۔ "میں معلوم کر آئی ہوں۔ بازار میں ایک ایک ساڑی کی کام بنوائی پانچ پانچ سو روپیہ ہے۔ اب اتنی ساڑیوں کے دام لگایئے ـــ ہزاروں روپے تو یونہی اٹھ جائیں گے۔ کیا حرج ہے اگر گھر کا پیسہ گھر ہی میں رہے"۔
"تو کیا آپ ان دونوں کو مزدوری دینا پسند کریں گی؟" وہ جلے بھنے لہجہ میں بولا۔
"مزدوری! آپ کو شرم نہیں آتی؟ کیا میں اپنی سگی بہن اور بھانجی کو مزدوری دوں گی؟"
"بہت اچھے ممی ـــ بہت اچھے! آنکھیں پھوڑ کام بھی لیں گی اور سگا رشتہ جتا کر پیسے بھی نہیں دیں گی! تو پھر آپ یہ اتنی ساری نکمی لڑکیوں سے جو کھا کھا کر صرف موٹی ہو رہی ہیں، کام کیوں نہیں لیتیں"۔
ثریا بی بی دہل کر کھڑی ہوگئیں۔ "بیٹے کمال کر رہے ہو۔ بیٹھے بیٹھے اتنا سا کام کر دیا تو اس کے لئے اتنے ہنگامے کی کیا ضرورت ہے؟ عورتوں کے لئے تو یہ کام ہیں ہی ـــ اٹھاؤ بیٹی شبنم یہ سارا سامان اپنے کمرے میں لئے چلتے ہیں۔ چند ہی دن کی تو بات ہے یہ ساری کڑھائی سلائی"۔
بیگم صاحبہ کا غصّہ تو اپنی جگہ رہا ـــ لڑکیاں ناگنوں کی طرح الگ دھواں پھوں دھواں پھوں کر رہی تھیں۔
"او گاڈ ـــ حد ہوگئی ـــ یعنی کل کی آئی ہوئی ایک حقیر سی لڑکی اتنی پیاری ہوگئی کہ سب کے سامنے ممی کے منہ آنے لگے:
"اور وہ تو ٹھیک ہے کہ مجھ سے انگیجمنٹ ہو چکی ہے جناب کی۔ ورنہ بس چلتا تو وہ اس چڑیل سے شاید شادی بھی کر لیتے"۔ یاسمین جل کر بولی۔
"اور کیا بھابی" لڑکیاں جو شادی سے پہلے مارے شوق کے یاسمین کو بھابی

کہنے لگی تھیں۔ اس کی ہاں میں ہاں ملا کر بولیں۔" یہ بھائی جان تو ایسے ہیں کہ انھیں ڈانٹ کر ہی رکھا کیجئے گا ــــ ہاں"

جب سارا سامان ـــ ساڑیاں، گوٹا کناری، چمکیاں، زری، بادلے کے تارے، سلمہ ستارے لے کر دونوں ماں بیٹی اپنے کمرے میں چلی گئیں تو بیگم صاحبہ نے امتیاز کو تیز نظروں سے گھورا۔

صاحب زادے پاؤں کی جوتی پاؤں ہی میں بھلی لگتی ہے۔ اتنا خیال رہے۔"

"لیکن ممی ـــــ یہ تو حد ہے، آپ کو خود سوچنا چاہئے کہ خالہ جان کتنی کمزور سی ہیں۔ اتنا بار ان کی آنکھوں پر پڑے گا تو وہ تو دو ہی دن میں اندھی ہو کر رہ جائیں گی۔ آخر وہ آپ کی سگی بہن ہیں ممّی ـــ ایسا ہی ظلم کرنا تھا تو انھیں بلایا ہی کیوں"

" میں نے تو انھیں یوں بلایا ہے کہ جن کی ساری زندگی ہی غم کھاتے آنسو پیتے اور غریبی میں گذری ہو۔ انھیں چند روز تو زندگی کا سکھ مل جائے، اچھا کھانا کیا ہوتا ہے۔ اچھے کپڑے جسم کو کیسے محسوس ہوتے ہیں۔ کار میں بیٹھنے سے کیسی خوشی ملتی ہے۔ بڑی سی کوٹھی کی کھلی ہوائیں کیسے دل کو بشاشش کر دیتی ہیں۔ اور اس کے ساتھ اگر بیٹھے بیٹھے دو ہاتھ بھی ہلا دیئے تو کیا بُرا ہے۔" اچانک وہ بگڑ اٹھیں۔

" صاحبزادے! یہ ٹھیک ہے کہ آپ کے سینے میں ایک درد مند دل ہے۔ لیکن بار بار ان لوگوں کی پشت پناہی کرنے سے یاسمین اور اس کے ممّی پپّا خفا بھی ہو سکتے ہیں، اتنا یاد رہے۔"

امتیاز نے ترس بھری نظروں سے ماں کو دیکھا۔" ممی دولت کی زیادتی نے آپ کے دل کی ساری نرمی چھین لی ہے۔" وہ دل ہی دل میں بڑبڑایا۔

حسب معمول رات کو اپنے کمرے سے ملے ہوئے باغیچے میں چہل قدمی کر کے

جب امتیاز لوٹنے لگا تو چلتے چلتے اس نے یوں ہی خالہ جان کے کمرے میں جھانک لیا۔ اتنی رات گئے بھی دونوں ساڑیوں کی سجاوٹ میں لگی ہوئی تھیں۔ تھوڑی دیر تو وہ یوں ہی کھڑکی کے پاس کھڑا رہا پھر ایک دم کمرے میں چلا آیا۔

"خالہ جان میں شبنم کو ذرا کوٹھی گھما لاؤں؟"

"لے جاؤ بیٹا ـــ اس میں پوچھنے کی کیا بات ہے۔"

امتیاز نے لپک کر شبنم کا ہاتھ پکڑا اور اسے تقریباً کھینچتا ہوا ٹیرس پر لے آیا۔

"اب مجھے بتاؤ کہ تم یہاں کیوں آئی ہو؟" وہ دانت پیس کر بولا۔

"صاحب زادے ـــ" وہ نرمی سے بولی۔ "آپ مجھے کوٹھی گھمانے لائے تھے شاید۔"

"کوٹھی جائے جہنم میں۔ میں کہتا ہوں تم یہاں سے چلی کیوں نہیں جاتیں۔"

شبنم نے سر اٹھا کر بڑی نرمی سے پوچھا۔ "گھر آئے مہمانوں سے ایسا سلوک کیا جاتا ہے، صاحبزادے؟"

ایک دم وہ بھڑک اٹھا۔ "میں کہتا ہوں تم یہ صاحبزادے کا خطاب کب واپس لوگی؟"

"آپ بڑے ظالم انسان ہیں۔" وہ دکھ سے بولی۔

"میں ـــ؟ ظالم ـــ؟" وہ حیرت سے بولا۔

"جی، اور کون؟ سب کے تلخ سلوک پر ہمدردی کا مرہم ایک آپ کی محبّت نے رکھا ہے۔ اگر میں آپ سے بے تکلف ہو جاؤں۔ اگر میں کوٹھی کی دوسری لڑکیوں کی طرح رشتہ لگا کر بات کروں تو خالہ امی کے دل میں میرے لیے جو تھوڑا بہت نرم گوشہ ہے وہ بھی سخت ہو کر رہ جائے گا۔ کیا آپ کو یہ اچھا نہیں لگ رہا ہے کہ میں نوکر کے روپ میں سہی، لیکن آپ کی توجہ کی حق دار تو ہوں۔"

ایک دم ساری بات امتیاز کی سمجھ میں آ گئی۔ وہ بے بسی سے بولا۔" ٹھیک ہے شبّو ٹھیک ہے۔ میں تمہارے لئے صاحبزادہ ہی رہوں گا ــــ مگر خدا کے لئے مجھے غلط نہ سمجھنا شبّو، شبّو!

شبنم نے بس آنکھیں اٹھا کر اسے دیکھا ہی تو تھا ــــ شبّو! ــــ آپ کو پتہ ہے پورے ناموں کو چھوٹا اور ادھورا اور بگاڑ کر کہنے کا حق کس کو ہوتا ہے؟ صرف ایک ہستی کو! صرف ایک ہستی کو ــــ تو کیا آپ میرے لئے وہی درجہ پا گئے ہیں؟ ــــ اس نے ایک دم گھبرا کر آنکھیں نیچی کر لیں۔

" دیکھو شبّو۔" وہ اس کا ہاتھ پکڑ کر ٹیرس کی منڈیر کے قریب لاتے ہوئے بولا۔" یہاں سے تمھیں وہ موٹروں کی قطار سی نظر آ رہی ہے نا؟ ان کاروں میں ایک پپا کی ہے، ایک ممی کی، ایک لڑکیوں کی، ایک مہمانوں کی (جس میں شاید تم کبھی نہ بٹھائی جاؤ گی)، ایک ــــ" وہ کچھ رکتے رکتے بولا۔" میری۔ پھر یہ جو خوب بڑی ساری کوٹھی یہاں سے وہاں تک پھیلی پڑی ہے، اس میں بے شمار کمرے ہیں۔ کئی ڈرائنگ روم ہیں۔ کئی مہمان خانے یعنی گیسٹ روم ہیں۔ ان سب کمروں میں سجاوٹ کا ایسا قیمتی سامان ہے کہ سب کی قیمت جوڑنے بیٹھو تو جوڑ بھی نہ پاؤ۔ سامنے کھلے کھلے ہرے بھرے لان ہیں، پچھواڑے باغ ہیں جن میں موسم کا ہر پھول اور پھل اپنی بہار لٹاتا ہے۔ اور پھر ایسی کوٹھی میں اس کوٹھی کے مکین بھی ہیں جن کے سینوں میں گوشت پوست کے دل نہیں پتھروں کے ٹکڑے ہیں۔ تمھیں ان ہی پتھروں کے بیچ میں رہنا ہے۔"

وہ کہے جا رہا تھا، وہ سنے جا رہی تھی۔ اچانک وہ رُکا۔

" میں ایک بات کہوں۔"

وہ بولی کچھ نہیں، بس سر اٹھا کر اُسے دیکھے گئی۔

"جب سے تم آئی ہو نا — میرا جی چاہ رہا ہے تمہیں اٹھا کر اپنے دل میں چھپا لوں۔"

"نہیں!" وہ گھبرا کر تقریباً چیخ اٹھی اور پاس پڑی ہوئی سنگ مرمر کی سفید سی بینچ پر گر سی پڑی۔

"کیا حقیقت کا اظہار جرم ہے شبّو؟" وہ بے بسی سے بولا۔

"آپ پاگل ہو گئے ہیں —" وہ گھبرائے ہوئے لہجے میں بولی۔ "آپ کو شاید یہ پتہ نہ ہو جوتی کتنی قیمتی کیوں نہ ہو اس میں ہیرے ہی کیوں نہ جڑے ہوں بہر حال وہ پہنی تو پاؤں میں ہی جاتی ہے۔"

وہ اچانک اس کے پیروں میں بیٹھ گیا، لیکن بعض پاؤں اتنے مقدس ہوتے ہیں شبّو کہ انھیں سجدہ بھی کیا جا سکتا ہے۔" اور وہ پاگلوں کی طرح اس کے پیروں پر اپنا چہرہ رگڑنے لگا۔

"خدا کے لئے مجھے یوں گناہ گار اور شرمسار نہ کیجئے۔" وہ اپنے پاؤں سمیٹنے کی کوشش کرتے ہوئے بولی۔ "آپ کو پتہ نہیں آپ کیا کر رہے ہیں۔ خدا کے لئے ہوش میں آیئے۔ یوں پاگل نہ بنئے۔"

"تمہارے قرب کی تمنا پاگل پن اور دیوانگی ہے تو خدا کرے میں سچ مچ پاگل ہو جاؤں" شبنم کے پاکیزہ اور جھلمل قطرے اس کی سنہری آنکھوں سے ٹپکنے لگے۔

"دنیا کے ایک سرے پر کھڑی ہو کر تم مجھے آواز تو دے کر دیکھو میری جان!"

دوسرے دن کی صبح کوٹھی میں ایک نیا، شاندار ہنگامہ لائی۔

خان محمد فیروز اپنے بڑے صاحبزادے امتیاز خاں کی شادی سے پہلے سارا کاروبار اور جائداد اس کے نام کر دینا چاہتے تھے تاکہ وہ ہر ذمہ داری سے سبکدوش ہو جائیں اور صاحب زادے خود کو ذمہ دار محسوس کر کے اتنا وسیع کاروبار سنبھال سکیں۔

اس کارروائی کے لئے باقاعدہ ایک زوردار فنکشن اناؤنس کیا گیا۔ ویسے دیکھا جائے تو بات صرف کاغذات کی منتقلی کی تھی۔ لیکن بڑے لوگوں کی بڑی باتیں۔ ایسی شاندار پارٹی دی گئی کہ جس نے بھی دیکھا بس دیکھتا ہی رہ گیا۔ لان کے پودوں میں جتنے پھول پتے تھے۔ اتنے ہی جگمگاتے قمقمے ہوں گے۔ یہاں سے وہاں تک سبز مخمل سے لان پہ بڑی بڑی میزیں لگا دی گئیں۔ اجلی سفید وردیوں میں مؤدب اور مستعد بیرے ٹرے لئے ادھر اُدھر گھوم رہے تھے۔ شہر کے بڑے بڑے رئیس لوگ بڑی لمبی لمبی چکنی چکنی مچھلیوں کی طرح پھسلتی گاڑیوں میں تشریف لا رہے تھے۔ ساتھ میں ان کی بیگمات ایک دوسری کو شکست دینے کا تہیہ کئے جگمگاتی پوشاکیں اور آنکھوں کی بینائی چھین لینے والے زیورات پہن پہن کر گویا رقص کرتی بل کھاتی چلی آ رہی تھیں۔

یہ تو باہر کی جگمگاہٹ تھی۔ اندر کوٹھی میں رنگ ہی اور تھا۔ یہ ایک ایسا گھرانہ تھا، جہاں کی خواتین مشرقیت سے مغربیت کی طرف للچا کر بڑھی تھیں۔ جہاں پرانے پن کی ذرا سی بھی جھلک یا چھاپ ذلت میں شمار کی جاتی تھی۔ یہی وجہ تھی کہ ہر فرد خود کو ماڈرن تہذیب کا نمونہ بنا کر پیش کرنے پر تلا ہوا تھا۔ البتہ بے چاری غریب رشتہ دار بیبیاں جن کا رتبہ بس نوکروں سے ذرا ہی اوپر ہوتا ہے، ابھی بھی اپنے اسی پرانے رنگ ڈھنگ میں نظر آتی تھیں۔ ایسے ہی موقعوں پر یہ بیبیاں پاندان کے حوالے کر دی جاتی تھیں کہ آج کل کی مغرب زدہ تہذیب میں پانوں کا بھی ایک زبردست فیشن چل نکلا ہے۔ اور پُر تکلف ڈنر اور کافی کے بعد جہاں کشتیوں میں چیونگ گم، چوکلیٹ اور سوئٹس پیش کی جاتی ہیں، وہیں پانوں کو بھی بڑی اہمیت کے ساتھ پیش کیا جاتا ہے۔

ایک سے ایک بھڑک دار اور شاندار پوشاک، نئے نئے ڈیزائن کے بیل باٹم،

چوڑی دار تنگ مہریوں کی شلواریں، رنگین تپلونیں، غرارے ساڑیاں جیسے دیکھو نئی وضع قطع میں۔ لڑکیاں آپس میں کہتی پھر رہی تھیں۔

"بھائی جان کو آفس سونپنے کی پارٹی اتنی زوردار ہے تو ارے گوڈ! ذرا سوچو خود ان کی شادی کیا غضب ڈھائے گی۔"

"اوہ نو — میں نہیں سوچ سکتی۔"

"یاسمین از سو لکی۔"

"سچ یاسمین کس قدر خوش نصیب ہے۔ اتنا ہینڈسم، اتنا رچ — اتنا لوونگ ہسبینڈ ملا۔"

"بٹیا — ثریا بیگم جو پان بنانے پر مامور تھیں کسی لڑکی سے ملائمیت سے پوچھنے لگیں۔" یاسمین بیٹی کیا ہمیشہ یہیں رہتی ہیں؟"

وہ شاید کوٹھی کی لڑکیوں میں سے کسی کی سہیلی تھی۔ حیرت سے بولی۔"آپ کو پتہ نہیں؟ وہ اکثر یہاں آیا جایا کرتی ہے۔ شادی سے پہلے پتہ چل جائے شوہر کیسا ہے۔ کن خیالات کا ہے۔ سسرال والے کیسے ہیں — تو اِس طرح زندگی گزارنا بعد میں آسان ہو جاتا ہے۔"

ثریا بیگم حیرت سے اسے دیکھتی رہ گئیں۔

پتہ نہیں کہاں سے امتیاز آ نکلا تھا۔ طنز سے بولا۔"اسی طرح ہمیں بھی پتہ چل گیا ہے کہ یاسمین کیسے رہتی ہیں۔ دن بھر میں پانچ چھ جوڑے کیوں بدلتی ہیں۔ سہیلیوں کے بغیر ان کی زندگی کیسے بورنگ گزرتی ہے۔ کچن کیوں انھیں کاٹ کھانے کو دوڑتا ہے۔ پارٹیوں کے ہنگامے کیوں ان کی زندگی بنے ہوئے ہیں — ارے خالہ جان، آپ کو پتہ نہیں شادی سے پہلے چند دن کا ساتھ مل جانا کیسی نعمت ہے۔ ساری پول

کھل کر رہ جاتی ہے۔"

ثریا بیگم نے گھبرا کر انھیں دیکھا۔ "بیٹا! باہر مہمان آ رہے ہوں گے۔ تم یہاں کیا کرنے آ گئے؟ جاؤ، باہر جاؤ۔"

"خالہ جان میں یونہی بس پان کھانے آ گیا تھا" وہ ہنسا اور ادھر اُدھر دیکھنے لگا۔ ایک دم اس کی نظر بس جہاں اٹھی تھی وہیں رک گئی۔

حسن کے سارے انداز آج جیسے شبنم پہ ختم تھے۔ سفید معمولی جار جیٹ کی یہی کوئی پندرہ بیس روپے میں ملنے والی سستے قسم کی ساڑی، سفید ہی کہنیوں تک آستین کا بلاوز ــــ نہ آنکھ میں کاجل، نہ ناک میں لونگ میک اپ سے بے نیاز چہرہ، شاید نہا کر اٹھی تھی کہ شہد رنگ بالوں نے اس کے حسین چہرے کے گرد ایک جال سا بُن دیا تھا۔ سنہری آنکھوں سے کیسی جوت پھوٹی پڑتی تھی کہ اس کا سارا چہرہ دمک اٹھتا تھا۔ ہر میک اپ اس کے سامنے ہیچ تھا۔

ثریا بیگم نے دہل کر یہ منظر دیکھا۔ ہوش و حواس سے بیگانہ بھانجے کو دیکھ کر وہ ذرا زور سے بولیں۔ "شبنم ــــ کہاں چلی گئی تھیں، بٹیا؟ ابھی کتنے بیڑے موڑنے ہیں۔ دیکھو تو۔"

امتیاز نے گھبرا کر چونک کر اپنی نگاہیں شبنم پر سے ہٹائیں۔ ثریا بی بی کتھے کی پیالی ہاتھ میں اٹھا کر اس میں چمچی گھولنے لگیں وہ دھیرے سے ان کے پاس آ کر ٹھک گیا۔

"خالہ جان، پتہ نہیں، کیا بات ہے، اب ساری دنیا میں اگر کہیں سکون ملتا ہے تو بس آپ کے پاس!" اور وہ شرارت سے شبنم کو دیکھ کر مسکرایا۔

ثریا بی بی کوئی بچہ تو نہیں تھیں۔ مارے گھبراہٹ کے ان کے ہاتھ سے کتھے کی پیالی چھوٹ پڑی۔

اگر...... اگر...... انھوں نے ڈرتے ڈرتے سوچا۔" اگر شبنم کو بھی اسی دہلیز پر ماتھا ٹیکانے میں سکون ملا تو ــــ؟ ۔" "نہیں نہیں" وہ دل ہی دل میں خدا سے دعا مانگنے لگیں۔" میری بیٹی کو اتنا بڑا داغ نہ دینا خدایا! نہیں ــ نہیں" اور ان کی آنکھوں سے بن بات کے موتی ٹوٹنے لگے۔

اُسی دم بہت سارے بچے شور مچاتے ادھر ہی آنکلے۔

"خالہ جان! پلیز ایک پان۔"

"شبنم باجی، ایک پان ــــ پلیز۔"

شبنم نے پان ہاتھ میں لے کر ہاتھ بڑھایا تو اعجاز نے اس کا ہاتھ ہی منہ میں بھر لیا۔ شبنم ہنسی۔

امتیاز حسرت سے بولا" یار اجو! تم چھوٹے ہو۔ جو چاہو کر سکتے ہو۔"

اعجاز ہنس کر بولا۔" آپ کو پتہ ہے بھائی جان! شبنم باجی کتنی سوئیٹ ہیں؟ کتنے سارے کام انھیں آتے ہیں۔ اتنے کم دنوں میں میں نے انھیں ہر کام کرتے دیکھا ہے کچن میں کل کھانا پکا رہی تھیں۔ رات کو ساڑیوں پر کام بنا رہی تھیں۔ صبح کو باغ میں پودوں کی کاٹ چھانٹ کر رہی تھیں۔ اور اب اتنے مزے مزے کے پان بنا رہی ہیں ــــ سچ، رباب باجی کے تو ٹھاٹ ہیں۔" وہ منہ بنا کر بولا۔

"رباب کے؟ امتیاز تعجب سے بولا۔" رباب سے شبنم کا کیا واسطہ ـ؟"

"اعجاز ہنسا۔" ارے بھائی جان آپ کو نہیں معلوم؟ ممی کل کہہ رہی تھیں کہ انھوں نے شبنم باجی کو اسی لئے بلایا ہے کہ رباب باجی کی جب شادی ہو گی اور وہ سسرال جائیں گی تو کام کاج اور گھر کی دیکھ بھال کے لئے ہمیشہ کے لئے شبنم باجی کو ان کے ساتھ کر دیں گی۔" ایک دم وہ مڑا۔" پلیز شبّو باجی، آپ نہیں جائیے نا! بس یہیں رہیے

ہم لوگوں کے ساتھ ہمیشہ کے لئے۔"

لیکن امتیاز کچھ نہیں سُن رہا تھا۔ وہ کھڑے کھڑے ایک بے نام سی آگ میں جلا جا رہا تھا ——"پیش خدمت! ہونہہ! تو اب پتہ چلا کہ برسوں بعد بچھڑی بہن اور بھانجی اس لیے یاد آئے تھے کہ بیٹی کے جہیز میں ایک پیش بندھی کی ضرورت تھی۔ جو بن داموں مل جائے اور ساری زندگی لونڈیوں کی طرح خدمت میں بغیر معاوضہ بندھی رہے۔

ثریا بیگم اور شبنم حیرت سے کبھی ایک دوسرے کو، کبھی اعجاز کو اور کبھی صاحبزادہ امتیاز کو دیکھے جا رہی تھیں۔ اچانک وہ اٹھا —— ہنگاموں سے بیگانہ، کھویا کھویا سا، پھر پاگلوں کے سے انداز سے اِدھر اُدھر دیکھتا کوٹھی کے اندر چلا گیا۔

اپنی ممّی کے کمرے میں جا کر وہ تن کر کھڑا ہو گیا۔ وہ الماری سے زیورات کا بکس نکال رہی تھیں۔ آہٹ پا کر مڑیں۔

"کوئی خاص بات ہے صاحبزادے؟" وہ اس کے بدلے ہوئے تیور دیکھ کر بولیں۔

"ممّی آپ شبنم کو رباب کے جہیز میں دینا چاہتی ہیں نا؟ باندی بنا کر؟" اس نے غیر ارادی طور پر دونوں ہاتھ کمر پر رکھ لئے۔

"آپ نے ٹھیک سُنا ہے —— رباب کو گھر گرہستی کرنا ٹھیک طرح نہیں آتا۔ میں نے اتنی کم مدت میں شبنم کو پرکھ لیا ہے۔ رباب کو سسرال میں کوئی تکلیف نہ ہو گی۔"

"ممّی!" وہ اسی انداز میں بولا۔ "آپ کو رباب سے زیادہ پیار ہے یا مجھ سے؟"

بیگم صاحبہ کچھ دیر کو ٹھٹھکیں —— پھر ذرا مسکرا کر سچائی سے بولیں۔ "دل کی جو پوچھئے تو آپ سے زیادہ مجھے کوئی پیارا نہیں صاحبزادے۔"

"تو ممی ـــ جو نعمت آپ رباب کو دے رہی ہیں، کیا مجھے نہیں دے سکتیں؟ میرا مطلب شبنم سے ہے، لیکن مجھے وہ باندی یا لونڈی کے روپ میں نہیں، بیوی کے روپ میں دیجئے۔" وہ اسی طرح کہے گیا۔ "میرے خیال سے رباب سے زیادہ بہتر طریقے سے اُسے میں رکھ سکوں گا۔"

"صاحبزادے!" بیگم صاحبہ زور سے چلّائیں۔ "آپ پاگل ہو گئے ہیں! آپ اپنے ہوش میں نہیں ہیں جاکر ٹھنڈے پانی سے شاور کیجئے۔" دھڑسے انھوں نے زیورات کا سیف بند کر دیا۔

"آئندہ اس قسم کی کوئی بات آپ کے منہ سے نہیں نکلنی چاہیئے۔" وہ چنگھاڑیں۔

باہر جب کھانے کی دھوم مچی تو صاحب زادہ امتیاز کی ڈھونڈیا پڑی سب مہمان اور معزز حاضرین منتظر ہی تھے کہ صاحبزادہ امتیاز دھیرے دھیرے داخل محفل ہوئے۔

"آیئے بیٹے!" خانصاحب نے انتہائی شفقت سے انھیں بلایا۔ "سب آپ کے منتظر ہیں۔ اب آپ ولی عہد ہیں، مالک ہیں، بے تاج بادشاہ ہیں۔ آپ کے پیچھے ہم سب ہیں۔" وہ ذرا مذاق سے حاضرین کی طرف دیکھ کر بیٹے سے کہنے لگے۔

امتیاز ٹیبل کے قریب آکر رک گیا۔

"ڈیڈی ـــ میں کھانا ایک شرط پر کھاؤں گا۔"

"فرمایئے۔" وہ ذرا محبت سے ہنسے۔

"میں ٹیبل پر کھڑا ہو کر کھانا کھاؤں گا۔"

آس پاس بیٹھے ہوئے سب لوگ ہنسنے لگے۔ مگر خانصاحب نے ذرا چونک کر بیٹے کو دیکھا۔

"یہ بھی ممکن ہے کہ میں ٹیبل کے نیچے چھپ کر بلّیوں کتّوں کی طرح کھاؤں۔"

سب پھر ہنسنے لگے۔ لیکن خانصاحب اچانک سنجیدہ ہو گئے تھے۔ کہیں بے پناہ دولت کی ملکیت کے احساس سے صاحب زادے کا دماغ تو نہیں چل گیا ہے؟ کہیں — کہیں — وہ دل ہی دل میں ڈرتے ڈرتے سوچتے رہے۔ کہیں وہ پاگل تو نہیں ہو گیا ہے۔

امتیاز کے چہرے پر دور دور تک مذاق کے آثار نہیں تھے۔

"صاحبزادے، آپ پہلے بیٹھ تو جائیے۔"

"میں تو لیٹوں گا" اور صاحب زادے امتیاز وہیں گھاس پر سچ مچ لمبے لمبے لیٹ گئے۔

خان صاحب تو امتیاز کے پہلے ہی جملے پر کھٹک گئے تھے مگر مہمانوں کی موجودگی کا خیال کر کے اسے ذرا مزاح کا رنگ دے رہے تھے۔ لیکن جب امتیاز سچ مچ ہی گھاس پر لیٹ گیا تو وہ بوکھلا کر چلّائے۔ "ڈاکٹر! ڈاکٹر مرزا کو فوراً بلا لاؤ۔"

فیملی ڈاکٹر ہونے کے ناطے ڈاکٹر مرزا بھی آج کی دعوت میں مدعو تھے۔ وہ ذرا ہٹ کر دوسری میز پر اپنے دوستوں کے ساتھ مشروب پی رہے تھے۔ اپنا نام سُن کر وہ لپکے آئے۔ امتیاز کو زمین پر پڑا دیکھ کر وہ خود بھی گھبرا گئے۔

"وہاٹ از رونگ خان؟" وہ خانصاحب کے گہرے دوستوں میں سے تھے اور بے تکلفی سے انھیں صرف خان ہی کہا کرتے تھے۔ "کیا ہو گیا ہے صاحبزادے کو؟"

خان صاحب بھرّائی ہوئی آواز سے بولے۔ "پتہ نہیں ڈاکٹر میرے بیٹے کو کیا ہو گیا ہے آپ خود ہی دیکھ لیجئے۔ مگر ڈاکٹر، خدا کے لئے ایسی کوئی بات مجھے نہ سنانا جسے میں برداشت نہ کر سکوں۔"

ڈاکٹر مرزا نے نبض دیکھی، دل کی دھڑکن محسوس کی، ٹمپریچر دیکھا۔ سب بظاہر

نارمل تھا، لیکن امتیاز تھا کہ پاگلوں کی طرح رہ رہ کر اِدھر اُدھر کچھ جیسے ڈھونڈے جاتا تھا۔

ڈاکٹر مرزا پریشانی سے بولے۔" خانصاحب مجھے لگتا ہے کسی صدمے کا دماغ پر سخت اثر ہوا ہے۔ کیا یہ اچھا نہ ہوگا کہ ہم انہیں ہاسپٹل لے چلیں۔"

" نہیں نہیں۔ ڈاکٹر" خانصاحب چلّائے" میں اپنے دل کے ٹکڑے کو اپنے سے دور نہیں کر سکتا۔ آپ شہر کے سارے ڈاکٹرز یہیں بلا لیجئے۔ میں لاکھوں روپیہ اپنے بچے پر سے صدقہ کر کے پھینک سکتا ہوں۔ لیکن ڈاکٹر پلیز...... اور وہ سسک اُٹھے۔

یہاں سے وہاں تک ساری کوٹھی میں عجیب سی افراتفری مچ گئی۔ مہمان بیبیاں، مرد مہمانوں میں آ کر گھبرا گھبرا کر اسی طرف جھانکنے لگیں جہاں امتیاز پڑا ہوا تھا۔ بیگم صاحبہ چیخیں مارتی ہوئی لپکیں اور دھڑ سے گھاس پر گر پڑیں۔ بہنیں الگ بدحواس۔ یاسمین اپنی سہیلیوں کے جھمگھٹے میں پریشان چلّا رہی تھی۔ او گاڈ! اب میرے نیو چیپر کا کیا ہوگا۔ ؟"

شادی کا سا گھر ماتم کدہ بن گیا۔ امتیاز کو ہاتھوں ہاتھ اٹھا کر ینگ روم میں پہنچا دیا گیا۔ مہمانوں میں کسی نے کھایا۔ جو رو مند تھے وہ یوں ہی بغیر کھائے پئے چل دیئے۔ چار پانچ ڈاکٹروں کو فون کر کے بلا لیا گیا۔ کسی کی کچھ رائے تھی کسی کی کچھ۔ امتیاز اب تو منہ سے کچھ بول رہا تھا نہ کسی کو پہچان ہی رہا تھا۔ بس وحشت زدہ نگاہوں سے اِدھر اُدھر دیکھے جاتا تھا۔

اس سارے ہنگامے سے دور ثریا بی بی اور شبنم اپنے کمرے میں یوں بیٹھی تھیں جیسے کسی نے جسم کا سارا خون نچوڑ لیا ہو۔ رہ رہ کر شبنم کے دل میں بس یہ خیال آتا تھا کہ صاحبزادے

کی تباہی کی تنہا وہی ذمہ دار ہے۔ اس خیال نے اتنا زور باندھا کہ وہ پھوٹ پھوٹ کر رونے لگی۔ ہائے کم بخت یہ حُسن، اس کی امّی بھی اپنی جوانی کے زمانے میں اسی حُسن کی بدولت ہی کانٹا بن کر سب کی آنکھوں میں کھٹکتی تھیں۔ اور وہ بھی آج ....

اللہ جانے رات کیسے بیتی —— صبح کو کوٹھی پر سناٹا چھایا ہوا تھا۔ ڈاکٹر اس بات پر متفق تھے کہ کسی شدید ذہنی صدمے نے امتیاز کو عارضی طور پر ہی سہی، مگر پاگل کر دیا ہے۔ علاج گھر پر ہی ہونا طے پایا۔ ڈاکٹر مرزا کی کوششوں سے مریض کو نہ کسی ہاسپٹل میں داخل کیا گیا نہ پاگل خانے میں لے جانے کا سوچا گیا۔ انھوں نے خان صاحب سے کہہ دیا تھا اللہ نہ کرے جب معاملہ ہاتھوں سے نکلنے ہی کو ہو جائے تب ہاسپٹیل میں لے جانے کی سوچیں گے۔

بڑے بڑے پیسے والے لوگوں میں کون ان دونوں ماں بیٹی کو پوچھنے جاتا؟ لیکن اصلیت یہ تھی کہ شبنم خود بھی پاگل سی ہو کر رہ گئی تھی۔ جب سب امتیاز کے پاس سے ہٹ جاتے تو وہ نظر بچا کر کھڑکی سے باہر جا کر کھڑی ہوتی اور ایک ٹک اسے آنسو بھری آنکھوں سے دیکھے جاتی۔

دو چار دن یونہی نکل گئے۔ خان صاحب نے ایک نرس کا انتظام کیا۔ جس دن وہ نرس امتیاز کے کمرے میں داخل ہوئی، امتیاز ایک دم بھڑک اٹھا۔ اب تک وہ خاموش ہی تھا۔ لیکن اس دن اچانک اول فول بکنے لگا۔ نرس نیند کی دوا لے کر اس کے کمرے میں پہنچی تو اس نے دوا کا پیالہ تو اٹھا کر پھینکا ہی، نرس کے پیچھے اتنی تیزی سے دوڑا کہ وہ گھبرا کر چیختی ہوئی کمرے سے نکل بھاگی۔ باہر یاسمین اپنی امّی، کچھ سہیلیوں اور امتیاز کی بہنوں کے ساتھ بیٹھی ہوئی تھی۔ بھائی کو اس حال میں دیکھ کر بہنوں کے تو چہرے اتر گئے، یاسمین اور اس کی سہیلیوں کو جیسے کوئی چھوٹا موٹا تماشا مل گیا ہو۔

ذرا دلچسپی سے دیکھنے لگیں کہ اب کیا ہوتا ہے۔

امتیاز نے سب کو خونخوار نظروں سے دیکھا اور چلّا کر بولا۔" اگر میرے کمرے میں کسی نے قدم بھی دیا تو ٹانگیں توڑ ڈالوں گا۔"

بیگم صاحبہ روتے ہوئے بولیں۔" ہائے میرے بچے کو کس کی نظر لگ گئی! ارے یہ کچھ کھائے گا پئے گا نہیں تو زندہ کیسے رہے گا؟"

ان کی ہونے والی سمدھن ہاتھ چلا کر بولیں۔" اب بھئی نرس ہی کو نہیں آنے دیتے تو اور کون پاگل کے پاس جانے کی ہمّت کرے۔"

بیگم صاحبہ تڑپ کر چلّائیں۔" خدا کے لئے مسز اکرم، میرے بیٹے کو میرے ہی سامنے یوں پاگل تو نہ کہیے۔" آنسوؤں سے ان کا گلا رندھ گیا۔

" اب پاگل ہونے میں کسر ہی کون سی رہ گئی ہے؟ چپ چپ سے تھے تو چلو کچھ ٹھیک بھی تھا۔ اب مارنا، ٹھونکنا، اور گالیاں دینا بھی شروع ہو گیا ہے۔ اب کیا شک باقی رہ گیا؟" وہ بے رحمی سے بولیں۔

اسی وقت سب کی نگاہوں نے ایک عجیب ناقابلِ یقین منظر دیکھا۔ جہاں سب امتیاز سے ڈرے دبکے جا رہے تھے، شبنم اپنی روئی روئی غمگین آنکھوں والا اداس چہرہ لئے سامنے آئی اور اتنے لوگوں کی موجودگی کے احساس سے بیگانہ، امتیاز کا ہاتھ پکڑ کر بولی۔" چلئے اپنے کمرے میں۔ آپ کی طبیعت ٹھیک نہیں ہے۔"

وہ ہاتھ جھٹک کر دھاڑا۔" تم کون ہوتی ہو میرا ہاتھ پکڑنے والی؟ شہر میں اور بہت لوگ ہیں، جا کر کسی اور کا ہاتھ پکڑو۔"

اس پر کوئی ہنسا، کسی نے مزہ لیا، کسی نے غم سے سسکی لی۔

شبنم دھیمی آواز میں بولی۔" اس ہاتھ کو پکڑنے کے بعد؟"

ایک دم اُدھر سے ڈاکٹر مرزا نکل آئے۔ تیزی سے آگے بڑھ کر انھوں نے امتیاز کا ہاتھ تھاما۔ پھر شبنم کی طرف دیکھ کر کچھ ٹھٹھک سے گئے۔

"کون ہو تم؟ پتہ نہیں یہ دماغی مریض ہے۔ اگر مار دیتا تو — ؟ جاؤ اندر۔"

"ڈاکٹر انکل۔" وہ ان کے قدموں میں ڈھیر ہو گئی۔ "اگر یہ مار دیتے تو میں جی اٹھتی۔" وہ ان کے پاؤں پکڑ کر روتے ہوئے بولی۔ "خدا کے لئے انھیں اچھا کر دیجئے — خدا کے لئے۔"

ڈاکٹر مرزا نے بڑے دُکھ سے اس درد مند دل رکھنے والی لڑکی کی طرف دیکھا۔ سامنے بیگم صاحبہ آنکھوں سے آنسو پونچھتی کھڑی تھیں۔

انسان بڑے سے بڑے غم کا عادی ہو جاتا ہے — خدا نے انسان کا دل ہی وہ چیز بنا دیا ہے کہ پہاڑ سے غم بھی سہہ جائے — ساری دنیا امتیاز کی بیماری کی عادی ہو گئی۔ کسی نے اسے تماشا بنا لیا۔ کسی نے وقت گزاری کا ذریعہ۔ یاسمین خانصاحب کے قریبی دوست کی بیٹی تھی۔ ساتھ کا اٹھنا بیٹھنا، روز کا آنا جانا لگا تھا۔ بیویاں بھی آپس میں دوست تھیں۔ دولت مند گھرانہ تھا۔ خانصاحب سیر تھے تو اکرم صاحب سوا سیر۔ امیر ماں باپ کی خود سر بیٹیاں جیسی پلتی بڑھتی ہیں ویسی ہی یاسمین اور اس کی بہنیں بھی پلی بڑھی تھیں۔ بیگم صاحبہ نے ہی یہ رشتہ سوچا تھا۔ یہ عجیب بات ہے پیسے والے پیسے والوں ہی میں گھستے ہیں۔ دولت دولت کو کھینچتی ہے۔ خاندان میں اور بھی کئی غریب یا متوسط گھرانے کی بیٹیاں تھیں۔ یاسمین سے ہزار درجہ اچھی۔ پھر جان پہچان والوں میں بھی لڑکیوں کی کمی نہ تھی۔ لیکن اپنے اپنے ظرف کی بات تھی۔ بیگم صاحبہ کو اپنے سے بھی زیادہ امیر لوگوں سے میل جول بڑھانے کا خبط تھا۔ جب دو گھرانے قریب آئے تو بچوں میں بھی دوستی بڑھی۔ لڑکیاں لڑکیاں آپس ہی میں چھیڑ چھاڑ میں رشتہ

لگانے لگیں۔ دو چار بار امتیاز کے ساتھ سب مل کر گھومنے پھرنے پکچر دیکھنے بھی چلی گئیں۔ بیگم صاحبہ نے سمجھ لیا کہ امتیاز کا دل یاسمین پر آ گیا ہے بس رشتہ دے دیا۔ امتیاز نے سُنا تو کچھ غور ہی نہیں کیا نہ اچھا نہ بُرا۔ معلوم تھا کہ ایک دن شادی ہو گی۔ اب کسی سے بھی ہو کیا فرق پڑتا ہے۔ کسی نہ کسی لڑکی سے تو ہو گی ہی۔ پھر ممّی کی پسند کی ہی کیوں نہ ہو جائے؟ اور شاید یہ سب اس لئے بھی تھا کہ محبت کی مار ابھی اس کے کچے دل نے سہی نہیں تھی۔ ویسے بھی امتیاز ان بچّوں میں سے تھا جو بڑے ملنسار، مہذب اور خدمت گزار قسم کے ہوتے ہیں جو سراپا محبت ہوتے ہیں۔ وہ بھلا ممّی کے آگے ہیر پھیر کیا کرتا؟ لیکن پہلی محبت کی نظر نے، محبت کی پہلی ہی جھلک نے اسے یہاں سے وہاں تک اتھل پتھل کر ڈالا۔ وہ جو بچپن ہی سے اتنا حساس اور درد مند دل رکھتا تھا کہ نوکروں تک سے "آپ آپ" کہہ کر بات کرتا۔ اپنی ہی سگی خالہ کی بیٹی سے ماں کا یہ سلوک برداشت نہ کر سکا۔ یہ جانتے ہوئے بھی کہ چند ہی ماہ میں اس کی شادی ہونے والی ہے۔ وہ ایک انہونی سی آرزو کا اظہار کر کے اپنی دنیا مٹا بیٹھا۔

لیکن شاید اب ہر چیز، ہر بات کو بہت دیر ہو چکی تھی۔ وقت کے نقارے پر آخری چوٹ پڑ چکی تھی۔ اب ایک پاگل کی شادی کیا اور محبت کیا؟

بیگم صاحبہ ایک دن بہت غم کے ساتھ خان صاحب سے بولیں "کیا صاحبزادے کا علاج ناممکن ہے؟"

پتہ نہیں بیگم — سب اللہ کے ہاتھ میں ہے لیکن ایک بات رہ رہ کر میرا دل نوچتی ہے۔ ڈاکٹر مرزا کہتے ہیں صرف کسی صدمے نے امتیاز کے دماغ پر اثر کیا ہو گا۔ آخر وہ کیا صدمہ ہو سکتا ہے؟ میں تو سمجھنے سے قاصر ہوں"

بیگم صاحبہ رُکتے رُکتے بولیں "میں نے آپ کو بتایا نہیں"

"کیا؟" وہ اچھل کر بولے۔

"وہ شبنم سے شادی کرنا چاہتا تھا۔ میں نے انکار کر دیا۔ بس اسی وقت سے یہ حالت ہے۔"

خان صاحب سر پکڑ کر بیٹھ گئے۔ ان کے تصور میں وہ معصوم، غمگین سی لڑکی اُبھر آئی، جو صبح سے شام تک، رات سے لیکر دن تک ـــــ دن رات بلا کسی معاوضہ اور لالچ کے امتیاز کی خدمت کیے جا رہی تھی۔ کبھی امتیاز کے لئے سوپ بنا رہی ہے، کبھی موسمی کا رس نکال رہی ہے، کبھی اس کی گھڑکیاں اور ڈانٹ کھا کر آنسو پی پی کر اسے ترس بھری نگاہوں سے دیکھ رہی ہے۔ کبھی اس کی غلاظت صاف کر رہی ہے ـــــ آئے دن امتیاز سوپ اور رس کی کُلّیاں اس کے کپڑوں پہ یا فرش پر کر دیتا، وہ خود ہی فرش صاف کر لیتی۔ اپنے کپڑوں کو چپ چاپ جا کر دھو لیتی ـــــ خان صاحب بچّہ نہ تھے۔ سب دیکھتے تھے کہ یاسمین، اس کی سہیلیاں، اس کی ممی امتیاز کو اب صرف تماشا سمجھتی ہیں۔ پاگل تو پاگل ہی ہوتا ہے کبھی امتیاز بندروں کی طرح خوخیاتا تو وہ سب کھِل کھِلا کر ہنس پڑتیں۔ ایک بار ان کا دل ترس سے بھر گیا مگر کر بھی کیا سکتے تھے۔ سمدھیانے کا معاملہ تھا۔ انھوں نے خود دیکھا تھا اور بیگم صاحبہ کو بھی بتایا تھا کہ امتیاز کے کمرے کا دروازہ باہر سے بند کر کے وہ سب اُسے چھوٹے چھوٹے کنکر پھینک کر مار رہی تھیں اور جب امتیاز غصّہ سے تلملاتا تو قہقہے لگا اٹھتیں۔

"بیگم ـــــ" وہ غصّے سے بولے۔ "میرے خیال سے آپ نے اچھا نہیں کیا۔"

بیگم صاحبہ حیرت سے بولیں۔ "اچھا نہیں کیا؟ اور یوں بن بات اتنی مدّتوں تک کی پکّی بات بلا وجہ توڑ دیتی تو شہر والوں کو اور دنیا کو کیا منہ دکھاتے؟"

"کہہ دیتے لڑکے نے خود اپنی پسند سے شادی چپکے سے کر لی ہے۔ ہمیں خود پتہ نہ تھا

کیا آپ کی بیٹی کی زندگی برباد کر دیتے۔"

"حیرت ہے آپ ایسا کہہ رہے ہیں ـــــ اب دیکھئے نا اکرم صاحب کے گھر والوں کی شرافت، اتنی خراب حالت ہے امتیاز کی لیکن کبھی یہ بات زبان پر نہ لائے کہ پاگل ہے کیسے بیٹی بیاہی۔ ایک دو بار ذکر آیا بھی تو بس یہ کہا کہ کیا دکھ بیماریاں آیا نہیں کرتیں۔"

"کچھ سمجھ میں نہیں آتا بیگم۔ یہ دولت کے انبار، یہ عزت، یہ شہرت ـــــ سب کچھ بے معنی ہو کر رہ گیا ہے۔ کتنے دن ہو گئے امتیاز کی حالت میں ذرا بھی سدھار نہیں۔" وہ دل پکڑ کر ذرا رُکے۔ "مجبوراً یہ طے کر لیا ہے کہ کسی مینٹل ہاسپٹل میں داخل کرا ہی دیا جائے کیونکہ ادھر چند روز سے وہ کچھ تشدد پر اتر آیا ہے۔ اگر لوگوں کو مارنے پیٹنے لگا تو یہ قانونی کیس بن جائے گا۔ کسی کی جان بھی لے سکتا ہے۔ ذمہ داری تو ہماری ہو گی۔"

بیگم صاحبہ پھٹی پھٹی آنکھوں سے دیکھے جا رہی تھیں۔

شبنم کے شب و روز آنسوؤں میں ڈھل کر رہ گئے تھے۔ کیسے نصیب لے کر دنیا میں آئی تھی ـــــ نہ سوچتی ـــــ بچپن گذرا جوانی آئی ـــــ وہی غم، وہی آنسو۔ پھر قسمت یہاں لے آئی۔ اندھیرے یہاں بھی ساتھ میں آئے لیکن ان ہی اندھیروں سے جگمگاتا سورج بھی نکلا۔ ہائے وہ دو تین دن جو ساری زندگی کی خوشیوں پر بھاری تھے۔ وہ اُن کی شدید محبت! وہ دنیا سے لڑ جانے کا جذبہ۔ اماں کو بے باکی سے طعنے اُلاہنے دینا سب کے سامنے اُمی کی اور میری طرفداری۔ پھر اُن کا میرے قدموں سے لپٹ پڑنا۔ ہائے میں نے کیسی خوشی پائی تھی کہ اپنی ہی نظر لگ گئی۔ ان چند گھنٹوں پر تو میں اپنی ساری دنیا وار سکتی ہوں ـــــ اور ان پر ـــــ خود ان پر تو یہ زندگی بھی ـــــ اس نے حسرت سے صاحبزادے امتیاز کے اجڑے ہوئے چہرے کو دیکھا۔ ان کی نظر سے نظر ملی تو

وہ بے قابو ہوگئی۔ ایک ایک آنکھ سے آٹھ آٹھ چھوڑ سوسو آنسو نکلنے لگے ـــــ وہ نہ دیکھ لیں ـــــ وہ آڑ میں ہوگئی ـــــ پچھلی طرف سے اس کے کانوں تے سرگوشیاں سی سنیں۔

"ممّی، باجی کی شادی ایک پاگل سے کردیں گی آپ؟" یاسمین کی چھوٹی بہن شاید اپنی ماں سے پوچھ رہی تھی۔

"پاگل ہے تو کیا ہوا کروڑ پتی تو ہے۔ مہر میں آٹھ دس لاکھ بندھوا کر شادی تو کرلیں بعد میں پاگل پن کے نام پر فارغ خطی دلوالیں گے۔ کیا یاسمین کے لئے لڑکوں کی کمی ہے؟"

"سچ ممی ـــــ یہ ممکن ہے ممّی؟" خود یاسمین کی خوشی بھری آواز!

"اور کیا ـــــ ہم اپنے منہ سے کیوں انکار کریں اور کیوں آتی ہوئی دولت کو ٹھکرائیں؟"

شبنم نے کانوں میں انگلیاں ٹھونس لیں۔ خدا کے لئے یہ سب کچھ صاحبزادے نے نہ سنا ہو! کس قدر قریب کھڑی ہو کر وہ یہ سب باتیں کر رہی ہیں، لیکن ہائے وہ تو ہر احساس سے بیگانہ اور عاری ہو چکے ہیں۔ اس نے آنسو روکنے کی ناکام سی کوشش کی۔ صاحب زادے کے پاس سے ڈاکٹر انکل اس کے پاس چلے آئے "بیٹی تم کیوں خواہ مخواہ روتی رہتی ہو، جو ہونا ہے وہ تو ہو کر رہے گا۔"

"ڈاکٹر انکل ـــــ میں یہ سب کچھ نہیں سہہ سکتی۔ آپ انھیں اچھا کر دیجئے۔ میری جان لے لیجئے مگر انھیں شفا دے دیجئے۔ آپ کو پتہ نہیں ان کے خلاف کیا کیا باتیں ہوتی ہیں۔ کاش میں آپ کو سب کچھ بتا سکتی۔"

ڈاکٹر مرزا حیرت زدہ سے، اس کا سر تھپ تھپا کر اسے خاموش کرنے کی ناکام کوشش

کرتے رہے۔

رباب، نکہت اور دلشاد جو شبنم سے بلا وجہ ہی یا شاید اس کی بے پناہ خوبصورتی کی وجہ سے اس سے کٹی کٹی رہتی تھیں، اب اسے امتیاز کی بے پناہ خدمت کرتا دیکھ کر اس سے شرمندہ سی رہنے لگی تھیں۔ ہوتے ہوتے وہ شبنم سے ایسی خاموش محبت کرنے لگیں جو صرف محسوس کی جا سکتی تھی۔ وہ جب تک امتیاز کی تیمارداری میں مشغول رہتی ان سب کی یہی کوشش ہوتی کہ اس کے بغیر نہ کھانا کھائیں، نہ آرام کریں۔ مصیبت یہ تھی کہ امتیاز اگر کسی کے زیر اثر تھا تو بس شبنم کے، منہ بھی شبنم ہی دھلائے۔ کنگھا بھی وہی کرے اور تو اور گالیاں اور دھکے بھی وہی کھائے۔ کوئی بات ناگوار گزرتی تو اسے دھکا دے کر غرّاتا۔ چلا چلا کر کہتا "تم بھکارن کہاں سے آن ٹپکی ہو جو میرے سامنے سے ٹلنے کا نام ہی نہیں لیتیں۔"

شبنم منہ سے کچھ نہ بولتی۔ بڑی بڑی آنکھوں میں آنسو بھرے اُسے دیکھے جاتی کبھی کبھی کہتی۔ "میں بھکارن ہوں۔ ہاں ہوں۔ لیکن مجھے بھیک میں اپنے آپ کو دے دیجئے۔" وہ خاموش بیٹھا سنتا رہتا۔ شبنم بولے جاتی۔ "آپ اچھے ہو جائیے بس چلی جاؤں گی۔ میں تو چلی بھی جاتی۔ مر ہی جاتی۔ لیکن مجھے ایسا لگتا ہے کہ آپ کو چھوڑ کر چلی گئی تو شاید میری طرح کوئی آپ کی فکر نہیں کریگا۔ میں مر گئی تو کیسے غم ہے لیکن آپ کی جان کو کچھ ہو گیا تو یقین کیجئے کہ میں قبر میں بھی چین نہ پا سکوں گی۔ مجھے آپ کی دولت زیور، گاڑیاں، کوٹھیاں کچھ نہیں چاہیئے۔ صرف آپ کی صحت اور خوشی مطلوب ہے۔ جس دن آپ صحت مند ہو جائیں گے، میں سمجھوں گی خدا نے مجھے دنیا ہی میں جنت دے دی۔" وہ اس طرح باتیں کئے جاتی جیسے کوئی ماں اپنے معصوم بچے سے یہ سوچے بغیر بولے جاتی ہے کہ سننے والا کچھ سمجھ بھی رہا ہے یا نہیں!

وہ بھیانک دن بھی آہی گیا جب سب کے مشورے سے امتیاز کو پاگل خانے میں داخل کرنے کی بات طے ہوگئی۔ اُس دن ساری کوٹھی پر صبح ہی سے ایک عجیب سا سنّاٹا چھایا ہوا تھا۔ سب سہمے سہمے، دبے دبے قدموں سے چل رہے تھے خانصاحب نے کھڑکی کے پاس کھڑے ہوکر بیٹے کو پیار سے پکارا۔" امتیاز بیٹے ادھر دیکھیے۔"

امتیاز پر کوئی اثر نہ ہوا ـــــ جیسے جانے کون پکارتا ہو۔

"بیٹے ـــــ میں آپ کا باپ ہوں خانصاحب۔"

امتیاز آستین چڑھا کر بولا۔ خانصاحب ذرا مقابلے پر آؤ تو بتا دوں کیسے خانصاحب اور کہاں کے خانصاحب۔"

ڈاکٹر مرزا نے ہار کر خانصاحب کی طرف دیکھا ـــــ" لاحاصل ہے ـــــ میں آپ سے پہلے ہی کہہ چکا، اب پاگل خانے میں داخل کرنے کے سوا کوئی چارہ نہیں۔"

"ڈاکٹر ـــــ" خانصاحب بے بسی سے ہاتھ مل کر بولے۔" محبّت کا مارا باپ ہوں۔ چاہتا تھا کسی بہانے یہ حادثہ ٹل جائے ایک بار ـــــ بس ایک ہی بار وہ مجھے پہچان لے تو مجھے دنیا مل جائے۔ مگر اب تو لگتا ہے کہ بالکل ہی ہوش و خرد سے بیگانہ ہوگیا ہے۔ میرے خدا! یہ کن گناہوں کی سزا ہے۔" وہ دونوں ہاتھوں سے سر پکڑ کر رو دیئے۔

سارے جان پہچان کے لوگ امنڈ آئے تھے۔ ان میں رشتہ دار بھی تھے۔ ملنے جلنے والے بھی اور ہونے والے سمدھیانے کے لوگ بھی۔ جیسے برات چڑھتی ہے اور دولہا کو دیکھنے کے لئے لوگ ٹوٹے پڑتے ہیں، اسی طرح سب آگے پیچھے ہوئے جا رہے تھے۔ ماں، بہنوں کی آنکھوں سے جھڑیاں لگی ہوئی تھیں۔ غریب خانم الگ دیوار سے لگی سسک رہی تھیں ـــــ یاسمین حیرت زدہ سی اپنی ممی بہنوں کے ساتھ کھڑی ہوئی تھی۔ سب ہی کی آنکھوں میں آنسو اور چہروں پر غم کی چھاپ تھی۔ بس ایک شبنم تھی جس کا چہرہ ست ہوکر رہ گیا تھا۔

اس کی آنکھیں اتنے آنسو بہا چکی تھیں کہ اب وہ خشک سی ہو چکی تھیں۔ سنہری رنگت اب زرد پڑ چکی تھی۔ شہد کے رنگ کے ترو تازہ بال اب روکھے جالے سے بن گئے تھے۔ اس کے وہ بھرے بھرے ہونٹ جو غریبی اور پریشانی میں بھی ایک معصوم سی مسکراہٹ سے کھلے رہتے تھے اب مرجھا سے گئے تھے۔

"ڈاکٹر انکل — " وہ ڈاکٹر مرزا سے سرگوشی میں بولی۔ "کیا یہ ممکن ہے کہ میں ہاسپٹل میں صاحب زادے کے پاس رہ سکوں؟"

ڈاکٹر مرزا دکھ سے مسکرائے۔ "بیٹی تمہیں پاگل خانوں کے قانون نہیں معلوم — وہاں کوئی اٹنڈنٹ ساتھ نہیں رہ سکتا۔"

"انکل" وہ جلدی سے بولی۔ "بی۔اے میں میرا مضمون ڈومسٹک سائنس تھا۔ تھوڑی بہت نرسنگ مجھے آتی ہے۔ میں ان کا بہت اچھی طرح خیال رکھ سکوں گی۔"

ڈاکٹر مرزا نے جواب میں صرف اس کی پیٹھ تھپ تھپائی اور وہ کسی کی موجودگی کا خیال کئے بغیر چلّا چلّا کر رونے لگی۔

روتے روتے اچانک وہ پاگلوں کی طرح مڑی اور اپنی امّی سے کہنے لگی —

"امّی! اب یہاں میرے لئے کچھ بھی نہیں رہ گیا ہے۔ میں اب یہاں زندہ نہیں رہ سکوں گی، خدا کے لئے چل نکلئے امّی!" اور دیکھتے ہی دیکھتے وہ اپنی امّی کا ہاتھ پکڑ کر تیزی سے دیوانگی کے انداز میں باہر بھاگنے لگی۔

"شبّو! تم یہاں سے نہیں جاؤ گی — اور اگر جاؤ گی تو میں بھی تمہارے ساتھ ہی آؤں گا۔"

امتیاز کی آواز سن کر شبنم بھونچکی سی پیچھے مڑی۔ ہر شخص اپنی اپنی جگہ حیرت زدہ سا رہ گیا۔ اچانک امتیاز آگے بڑھا اور ڈاکٹر مرزا کو مخاطب کر کے بولا۔ "ڈاکٹر انکل

میرے خیال سے اب اس ڈرامے کو یہاں ختم ہو جانا چاہئے۔"

"جیسی تمہاری مرضی بیٹے ـــ" وہ سعادت مندی سے بولے۔

خان صاحب آنکھیں پھاڑ پھاڑ کر کبھی بیٹے کو، کبھی ڈاکٹر مرزا کو دیکھنے لگے۔

امتیاز مسکرایا، طنز سے بھرپور مسکراہٹ۔

"انکل ـــ پپا کو بتا ہی دیجئے، اب سب کچھ۔"

"ہاں خان۔ یہ سچ ہے امتیاز پاگل نہیں ہوا تھا، بن گیا تھا۔ اور اس ڈرامے میں اس نے مجھے بھی ایک رول دیا تھا جسے میں نبھانے پر مجبور تھا۔"

مسز اکرم، یاسمین، بہنیں سب اپنی جگہ چونکنے سے ہو گئے۔

امتیاز نفرت سے سب کو گھورتے ہوئے بولا۔

"امّی جان محترمہ ـــ اس سارے عرصے میں مجھ پر بھی، آپ پر بھی، پپا پر بھی اور ڈاکٹر انکل پر بھی یہ بات کھل چکی ہے کہ کون کتنے پانی میں ہے۔ سب نے یہ بھی دیکھ لیا کہ دن رات کا چین حرام کر کے کس نے میری نام نہاد بیماری میں تیمارداری کی۔ کس نے اپنی راتوں کی نیند قربان کی۔ کس نے دن کا چین صدقہ دیا۔ میری بیماری کو سچا سمجھ کر یہ مشورے بھی میرے کانوں نے سُنے کہ مہر میں آٹھ دس لاکھ روپیہ بندھوا کر مجھ سے طلاق یا فارغ خطی حاصل کر لی جائے اور دوسری جگہ یاسمین کی شادی کر دی جائے۔ میں صرف آپ پر یہ ظاہر کرنا چاہتا تھا کہ آپ کا انتخاب صحیح نہیں ہے۔ ممکن ہے شبنم میری زندگی میں نہ آتی تو میں یاسمین ہی سے نباہ کر لیتا، لیکن جنّت سامنے ہوتے ہوئے میں دوزخ میں ـــ جلتی آگ میں نہیں کود سکتا تھا۔ امّی جان! آپ سوچیں گی اس بات کے لئے اتنا بڑا ڈھونگ رچانے کی کیا ضرورت تھی ـــ تو میری پیاری ممّی، آپ شبّو کی خوبیاں اس طریقے کے سوا اور کسی طور پر پرکھ ہی نہیں سکتی تھیں۔

اس نے جس طرح میری خدمت کی، میرے لئے دعائیں مانگیں، میرے لئے روئی۔ اسے دیکھتے ہوئے اب میں ساری دنیا سے ٹکرانے کا حوصلہ اپنے آپ میں پاتا ہوں۔ ایک طرف مجھے یہ دکھ ضرور ہوگا کہ میں نے ماں باپ کی نافرمانی کی ۔۔۔ لیکن اگر ایسے محبت بھرے دل کو توڑ کر میں نے کوئی قدم اٹھایا تو شاید خدا بھی مجھے معاف نہ فرمائے گا۔ اس لئے میں جا رہا ہوں ممی۔ خدا نے یہ دو ہاتھ دیئے ہیں۔ یہ کمائیں گے بھی اور اپنی محبت کو سہارا بھی دیں گے.......،،

اچانک شبنم کا ہاتھ پکڑے خان صاحب آگے بڑھے۔ "نہیں بیٹے، کم از کم مجھے اتنا پتھر دل نہ سمجھو۔ خدا نہ کرے جو تم یوں تنہا جاؤ۔ ہم سبھی تو تمہارے ساتھ ہیں بیٹا۔"

"نہیں پپا۔ جس گھر میں شبنم کو عزت نہیں مل سکتی وہاں میں بھی نہیں رہ سکتا۔"

"بیٹے، عزت چھوٹوں کی نہیں کی جاتی، بزرگوں کی کی جاتی ہے۔" پیچھے سے آواز آئی۔ "چھوٹے تو محبت کئے جانے کے قابل ہوتے ہیں۔ دل میں بٹھانے کے لئے ہوتے ہیں۔"

امتیاز چونک کر پیچھے پلٹا۔ ممی بڑی محبت سے ہاتھ پھیلائے آگے بڑھ رہی تھیں۔ ایک ہاتھ سے بیٹے اور دوسرے سے بہو کو گلے لگاتے ہوئے بولیں۔ "دولت کی چکا چوند میں میں تو اندھی ہی ہوگئی تھی بیٹا کہ یہ تک نظر نہ آیا کہ ایسے ایسے پاکیزہ موتی خدا نے خود میرے دامن میں ڈال رکھے ہیں۔"

شبنم کی آنکھوں سے بے تحاشا آنسو اُبل پڑے۔ مگر بیٹی کی آنکھوں میں آنسو دیکھ کر ہمیشہ دکھی ہو جانے والی ثریا بی بی آج آنسوؤں سے غمگین نہیں ہوئیں۔ وہ دل ہی دل میں خدا کا شکر ادا کرتے ہوئے کہنے لگیں۔ "میرے مالک یہ آنسو نہیں، خوشیوں کے چراغ ہیں ۔۔۔ انھیں سدا روشن رکھیو۔" اور ہونٹوں ہی ہونٹوں میں یہ کہتے ہوئے ان کی اپنی آنکھوں میں بھی چراغ جل اٹھے۔

*

زرد چاند

ہوا کے ایک تیز جھونکے نے تمام ڈالیوں کو ہلا دیا۔

روشن دان سے ایک کومل سا، گلابی گلابی، ہرا ہرا پتّہ میرے سر پر آگرا۔ گڈّو جو سامنے ہی بیٹھا اپنے کھیل میں مگن تھا، میرے سر پر پتّہ دیکھ کر ناچ اٹھا۔

"آپا جی! —— اوہو جی!!"

پھر وہ تالیاں بجا بجا کر گانے لگا۔

"ایک کے سر پہ چاندی
وہ ہماری باندی"

وہ رکا، ہنستا ہوا میرے قریب آیا۔ اور پتّہ اٹھا کر بولا۔

"دیکھئے ڈیڈی! آپ کے سر پر پتّہ!"

میں نے سر اٹھا کر دیکھا، بہار کے موسم کا یہ پہلا پتّہ۔ خوشیوں کا پیامبر۔ جو ہرا ہرا لباس پہنے گڈّو کی ہتھیلی پر لرز رہا تھا۔ وہ جھک کر میرے کان میں بولا۔

"ڈیڈی! بہار آگئی!!"

موسمِ بہار کا وہ ہرا پتّہ میرے دیکھتے دیکھتے پیلا پڑ گیا۔ سارے میں زردی سی چھا گئی۔

"بہار ــــــ ؟ ــــــ بہار آگئی ــــــ ؟؟"

بھلا اب بہار کیسے آسکتی ہے؟ ہاں ہر سال بے رنگ اور سوکھے پودے پھر سے لال ہرے ہو جاتے ہیں ۔ کیا یہی بہار ہے، اسی کو بہار کہتے ہیں؟ لیکن اگر یہ بہار ہے تو میرے دل میں پھول کیوں نہیں کھلتے ؟ اگر یہ بہار کی ہوائیں ہیں تو پھر میرے دل میں خوشی کی لہریں کیوں نہیں اٹھتیں ــــــ اگر یہ بہار ہے تو ــــــ تو ــــــ !! میرے سر پر پیلے پتے گر رہے ہیں ــــــ لیکن گڈو کہتا ہے بہار آگئی ــــــ یہ کیسی بہار ہے ۔

ہاں اب کبھی بہار نہ آئے گی ۔ بہار رواں کے پھول تو اُسی دن مرجھا گئے ــــــ جس دن ــــــ .....

یہ اُس دن کی بات ہے جب ہم آنگن میں بیٹھے یوں ہی اِدھر اُدھر کی باتیں کر رہے تھے ۔ نیلے آسمان پر پونم کا پورا زرد چاند چم چم چمک رہا تھا ۔ ننھا ــــــ بار بار ضد کیے جاتا تھا ۔

"امّی میں تو چاند پکڑوں گا !"

"امّی جی مجھے تو چاند چاہیے ۔"

خالہ جان اُسے بہلاتی رہیں ۔ بچوں نے اپنا ہر حربہ آزمالیا ۔ مگر وہ یہی رٹ لگائے تھا ۔

مجھے تو چاند چاہیے ــــــ میں تو چاند لوں گا !"

"اسے رخشندہ کو دے دے ۔ وہ بھی تو چاند ہی جیسی ہے ۔"

رخشندہ ٹھنڈے صحن میں شطرنجی پر آدھی لیٹی، آدھی بیٹھی نیلے اُون سے اُلجھ رہی تھی ۔ سلائیاں ٹلک ٹکاتے ہوئے اُس کی گلابی گلابی، سفید سفید سی انگلیاں آپس میں مل جاتیں

پھر الگ ہو جاتیں۔ خالہ جان کی بات سُن کر سبھی چونک پڑے اور مُڑ مُڑ کر روشی کو دیکھنے لگے۔ بچے اُس کے آس پاس گھوم گھوم کر ستانے قہقہے لگانے لگے۔

"روشی بجیا چاند ـــــ روشی بجیا چاند!"

روشی نے گھبرا کر جدھر نگاہ اٹھائی وہیں کسی نہ کسی کو اپنی طرف دیکھتے پایا۔ سلائیاں چھوٹ کر اس کے سینے پر گر پڑیں اور اُون کا نیلا نیلا گولا دُور تک کھلتا چلا گیا۔ سب سے آخر میں اُس نے میری طرف دیکھا۔ اور ایکدم کچھ شرما کر، کچھ سہم کر آنکھیں جُھکا لیں۔ میں ہنس کر بولا۔

" خالہ جان! چاند اور روشی کا بھلا کیا مقابلہ؟"

میری بات سُن کر روشی کا چہرہ کچھ بُجھ سا گیا۔ جیسے چاند بدلی میں چلا جاتا ہے۔ خالہ جان مُڑ کر بولیں۔

" کیوں بھلا، کیا روشی چاند جیسی نہیں ہے؟"

میں پھر ہنسا۔

"چاند میں تو داغ ہے اور روشی تو اتنی ......"

بات پوری ہونے سے پہلے میں نے دیکھ لیا کہ روشی کے چہرے کا چاند پھر بدلی سے نکل آیا تھا۔ اُس کی شلوار کا پائنچہ ذرا اوپر کھسک آیا تھا۔ وہ اپنے گورے گورے پنجے کو چھپاتی سر جھٹک کر اُٹھ بیٹھی۔ گری ہوئی سلائیاں اٹھا کر پھر بُنٹنگ کرنے لگی۔ اور ہنس کر بولی۔

" مگر ایسا چاند بھی کس کام کا جو اجالا ہی نہ پھیلائے؟"

جانے اس نے یہ بات کیسے کہی۔ کس مطلب سے کہی کہ اک دم پھر وہی تاریکی اُس کے آس پاس پھیل گئی۔ یہ روشی اتنی عجیب لڑکی ہے۔ میں اُسے چپ چاپ دیکھتا رہا۔

ننھا تیزی سے اُٹھا اور اُس کی گود میں جا بیٹھا۔ اُس کی ٹھوڑی پکڑ کر بولا۔

"ہاں بجیا! چاند تو آسمان پر چمکتا ہے نا ـــــ تم اگر چاند ہو تو تمھارا آسمان کون سا ہے ؟"

روشی یوں اُچھلی جیسے اُسے بچھو نے کاٹ لیا ہو۔ اُون کا سمٹا ہوا گولہ پھر دور تک بہہ گیا۔ وہ دھیرے سے بولی۔

" میرا آسمان ـــــ ؟ ـــــ میرا آسمان ـــــ ؟"

اُس کی آنکھوں میں دم بدم لپکتے کوندے دیکھ کر میں کچھ خائف سا ہو گیا۔ بات بدلنے کو خالہ جان سے بولا۔" ہاں خالہ جان! لوگ کہتے ہیں ہر آسمان کے پہلو میں ایک چاند چھپا ہوتا ہے۔ کیا یہ سچ ہے ؟"

خالہ جان الجھ کر بولیں۔

" چاند واند کا میں نہیں جانتی۔ بس پہلو میں سیدھا سادہ دل ہوتا ہے جو سدا اوندھی سیدھی باتیں سوچتا رہتا ہے۔"

تب تک شاید روشی کو اپنا جملہ پورا کرنے کے لئے الفاظ مل گئے تھے۔ وہ ننھے سے کہہ رہی تھی۔

" میں جس آسمان کی چاند ہوں وہ میری آنکھوں میں بستا ہے۔"

وہ کسی سے مخاطب نہیں تھی۔ اس کی آنکھیں بند تھیں۔ یوں جیسے اُس نے آسمان کو سدا کے لئے اپنی آنکھوں میں قید کر لیا ہے!

روشی ایسی ہی بے تکی لڑکی تھی۔ سدا ایسی باتیں کرتی جو کسی کی سمجھ میں نہ آتیں بھلا کیسے ممکن ہے آسمان کی سی وسیع چیز کسی کی آنکھوں میں بس کر رہ جائے۔ میں جانتا ہوں ماضی کی یادیں وہ یادیں ہوتی ہیں جو صرف آنسو ہی دے سکتی ہیں۔ لیکن خزاں

کے یہ زرد پتے جنھیں دیکھ کر گڈو تالی بجاتا ہے اور کہتا ہے۔ بہار آگئی! میرا ہاتھ پکڑ کر مجھے ماضی کی طرف کھینچ لیتے ہیں۔

چھٹیوں میں ہم سب کیرم اور لوڈو کھیلتے کھیلتے چلغوزے اور آئس کریم کھاتے کھاتے بور ہو چکے تھے۔ دل چاہتا تھا کوئی ہنگامہ ہو۔ لیکن کیسا ہنگامہ؟ پکنک کو جا نہیں سکتے تھے۔ کیونکہ ڈیڈی ان دنوں شہر سے باہر گئے ہوئے تھے اور گھر پر حاضر رہنا بھی ضروری تھا۔

سب لڑکے لڑکیوں نے سوچ سوچ کر ایک پروگرام گھڑ ہی لیا۔ طے کر لیا کہ راشدہ کی منگنی مسعود سے کر دیں۔ یوں دونوں کی منگنی تو بچپن ہی سے ہو چکی تھی لیکن اُسے پھر سے "ری نیو" اس لئے کیا کہ ذرا ہنگامہ رہے۔ ڈنر کے بعد ایسا کوئی پروگرام ہم نے نہیں بنایا تھا۔ مگر جب نیلے نیلے ٹیوب لائٹ کی روشنیوں میں رات دن جیسی بن گئی تھی اور ہر طرف رنگ و بو کا طوفان اُمڈ پڑا تھا، کہ ایک طرف سے بہت سی لڑکیاں ہنستی، جھومتی، مسکراتی آئیں اور بولیں۔ "اب ٹیبل یونہی رہنے دیجئے ذرا "بنڈل گیم" کھیلیں گے۔"

مسعود جھینپا جھینپا سا بیٹھا تھا۔ کیونکہ بیچارے کو دوبارہ منگنی کا دولھا بننا پڑا تھا۔ حیرت زدہ ہو کر بولا ــــــ؟"

"کیسا کھیل ـ ــــ؟"

رضوانہ ہنس کر بولی۔

"ریڈ اینڈ پلے (READ AND PLAY) نام کا کوئی کھیل آپ نے کبھی کھیلا ہے نوشہ میاں؟"

مسعود پھر بھی اُسے حیرت سے دیکھتا ہی رہا تو نیلو اُسے ہنس ہنس کر سمجھانے لگی۔

بھئی دیکھیے، ایک بنڈل میں بہت سی پرچیاں رکھی ہوتی ہیں جن پر مختلف عبارتیں

لکھی رہتی ہیں۔ جب بنڈل گھومتے گھومتے آپ کے پاس آئے اور آپکے نام پر جو پرچی نکلے تو اُسے پڑھیئے اور اس پر جو لکھا ہے اُسے پورا کیجیۓ۔ مثلاً اگر آپ کے نام پر لکھا آئے۔

" اسی وقت گانا گایئے !"

تو چاہے آپ گدھے کے باپ ہی کیوں نہ ہوں، آپ کو گانا ہی پڑے گا۔"

ہنستی ہوئی لڑکیاں چاروں طرف بکھر گئیں اور پرچیاں نکلنی شروع ہو گئیں۔

انور کے نام جو پرچی آئی اُس پر لکھا تھا۔

" آپ کی جیب میں جتنے بھی پیسے ہیں حاضرین میں تقسیم کر دیجئے۔ تاکہ ان کے چاکلیٹ کھائے جا سکیں۔"

انور نے بور ہو کر جیبیں اُلٹ دیں۔ پچیس روپے گیارہ آنے نکلے۔

نوشابہ کے نام لکھا تھا۔

" گھونگھرو ہوں نہ ہوں یوں ہی ناچ کر بتایئے۔"

پہلے تو نوشابہ جھینپی، شرمائی۔ پھر مسکراتی ہوئی اُٹھی اور دو تین بار یوں ہی گول گول گھوم کر اپنی جگہ جا بیٹھی۔ صابرہ کے نام کی پرچی پر لکھا تھا۔

" ضروری نہیں کہ آپ پامسٹ ہی ہوں۔ بہرحال کسی کا ہاتھ دیکھ کر اُس کی قسمت کا حال بتلایئے۔"

صابرہ کی بغل میں روشنی بیٹھی ہوئی تھی۔ صابرہ نے اس کا ہاتھ کھینچا تو وہ سہم کر بولی۔

" صبّو ! مجھے میری قسمت کا حال نہ بتانا۔ میں جانتی ہوں میری قسمت میں کیا لکھا ہے۔"

صابرہ نے زبردستی ہنستے ہوئے اُس کی ہتھیلی پکڑی اور بولی۔

" یہ ضرور کسی سے محبت کرتی ہے۔"

روشی سچ مچ کا چاند بن گئی۔ گلابی سنہری ہو کر چمکنے، شرمانے لگی ہتھیلی چھڑا کر اس نے جلدی سے پیر سکوڑے اور ہاتھوں کا پیالہ بنا کر اس میں منہ چھپالیا سب لوگ حیرت سے روشی کو دیکھنے لگے۔ اک دم شہنا ز نے ذاکر کے نام والی پرچی پڑھ کر سنائی۔

"آپ اسی وقت ساحرؔ کی کوئی سی چیز پڑھ کر سنائیے۔ مگر شرط یہ ہے کہ لان میں کمہار نہ گھس پڑیں۔"

ذاکر نے اپنی بھونڈی بھدی آواز سے پہلے تو کچھ گنگنانا پھر گانا شروع کیا۔

"میں جسے پیار کا انداز سمجھ بیٹھا ہوں
وہ تبسم وہ تکلم تری عادت ہی نہ ہو

روشی نے تیزی سے بدلی میں اپنا منہ چھپالیا اور الجھ کر بولی۔

"ذاکر بھائی! ساحر نے اس سے اچھی بھی کئی چیزیں کہی ہیں۔"

"کیا مطلب؟" ذاکر ہڑبڑا کر بولا۔

"دوسری چیز ——— کوئی دوسری چیز ——— یہ نہیں ——— نہیں ———!"

وہ سہم کر کہے جا رہی تھی۔

چار چھ پرچیاں اور نکلیں۔ پھر میں نے دھڑکتے دل کے ساتھ اپنی پرچی پڑھی۔

"اللہ کو حاضر و ناظر جان کر بتائیے۔ بالکل سچ سچ بتائیے کہ آپ کس سے محبت کرتے ہیں؟"

"بتائیے فرحت بھائی!"

"چھپائیے گا نہیں بھیا! ——— ہاں!!"

میں ہنسنے لگا۔

ایک ایک کرکے سارے چہرے میری آنکھوں سے پھسلتے گئے۔ ایک لمحے کو میری نگاہیں روشی کے چہرے پر بھی رُکیں۔ وہ چاند پھر بدلی میں چلا گیا۔ وہاں سے بھی پھسل پڑیں۔ میں نے ہنسکر اعلان کردیا۔

" خدا کو حاضر و ناظر جاننے کا سوال ہے تو سچ پوچھو تو میں کسی سے بھی محبّت نہیں کرتا!"

" رابی بجّو سے بھی نہیں؟"

نمو ہنس کر بولی۔

رابی کے نام پر میرا دل ہنس پڑا۔

" میں اُس سے شادی کرنے والا ہوں اس لئے؟"

سارے میں ہنسی کی دھوم مچی ہوئی تھی کہ کسی ویران سے لمحے میں اپنی گلابی گلابی ہتھیلی ٹھوڑی سے ہٹا کر روشی نے آنکھوں سے قریب کرلی۔ اور جیسے لکیروں کو پڑھتے ہوئے بولی،

" تم کس سے محبّت کرتی ہو روشی بی بی! تم کس کو چاہتی ہو؟"

میں نے یوں ہی اُٹھتی نظروں سے دیکھا تو اس کا چہرہ اتنا بے رنگ نظر آیا کہ عید کے دن بھی نہ تھا۔

عید کے دن ہم سب خالہ امّی کے ہاں اتوائیٹ کئے گئے تھے۔ ان دنوں تو ہم سب کو ہنگامے کرنے اور غل غپاڑے کے سوا کچھ سوجھتا ہی نہ تھا۔ بزرگوں کی ٹولی الگ جا بیٹھی تو ہم سب خالہ امّی کے لِونگ روم میں اُٹھ آئے۔ روشی وہاں صوفے پر بیٹھی پروین باجی کے ننھے بچے کے لئے موزے بن رہی تھی۔ ادھر ہم سب یوں ہی باتیں کر رہے تھے، شور مچا رہے تھے کہ ذاکر ہنس کر پروین باجی سے بولا۔

"بجیا! فرحت بھیا پھولوں کی اسٹڈی کر رہے ہیں!"

پروین باجی نے ذرا حیرت سے ذاکر کو یوں دیکھا جیسے کہہ رہی ہوں میں تمہارا مطلب بالکل نہیں سمجھی۔

ذاکر ہنس کر بولا۔

"ہم میں سے کوئی بھی اپنی پسند کے پھول کا نام لے دے۔ تو فرحت بھائی مزاج، عادات، اطوار، کے ساتھ ساتھ تھوڑا بہت فیوچر کا حال بھی بتا سکتے ہیں!"

پروین باجی ہنس کر بولیں۔

"اچھا تو فرحت! میرے ماضی، حال اور مستقبل کے بارے میں کچھ بتاؤ۔ مجھے سُرخ گلاب پسند ہے۔!"

"آپ کے تین بچے ہیں!" میں سنجیدگی سے بولا۔

سارے میں ہنسی بچ گئی۔ پروین باجی بھی ہنس دیں۔

"بھئی عجیب ہو تم بھی۔ آنکھوں دیکھی بات کی سند نہیں۔ کچھ آگے پیچھے کی باتیں بتاؤ!"

"اچھا تو اب سچ مچ سُنئے۔ گلاب کے سرخ پھول کی سُرخی اس بات کی علامت ہے کہ آپ کے مزاج میں ذرا تیزی ہے۔ اور بات بات پر آپ سُرخ پڑ جاتی ہیں۔"

پروین باجی زور سے ہنسنے لگیں۔

"ہاں سچ، مذاق نہیں۔ اور یہ کہ آپ کے مزاج میں لطافت بھی ہے۔ آپ جانتی ہیں نا کہ گلاب کی خوشبو کتنی میٹھی اور مدھر ہوتی ہے۔ یہ اس بات کی......

عظمیٰ مذاق سے بات کاٹ کر بولی۔

"یہ ساری باتیں تو میں بھی بتا سکتی ہوں۔"

جب سبھوں نے اپنی اپنی پسند کا نام بتادیا تو آخر میں سلائیاں ٹک ٹک لگاتے ٹک ٹکاتے یوں ہی بے پروائی سے روشی بولی۔

"اور مجھے گیندے کا پھول پسند ہے!!"

میں نے ایک لمحے کو غور سے اُس کی طرف دیکھا۔ اور بولا۔

"زردی کا پسند ہونا اس بات کی طرف اشارہ ہے کہ تمھاری زندگی میں بہت کم بہاریں آئیں گی۔ تم جانتی ہو خزاں زردی کی عبارت ہے۔"

روشی کے ہاتھوں میں سلائیاں کانپیں۔ مگر چھوٹیں نہیں۔ گرین نہیں! اُس کا چہرہ بالکل بے رنگ ہوگیا۔ مگر وہ سنبھل گئی۔ اس نے اپنی بڑی بڑی سیاہ آنکھیں کھول کر حیرت سے میری طرف دیکھا۔ اور جیسے میری آنکھوں میں اُتر کر بولی۔

"ہاں فرحت بھائی! دنیا میں کوئی پھول ہرا بھی ہوتا ہے؟"

میں نے ذرا اُلجھن سے اس کی طرف دیکھا اور کہا۔

"ہرا پھول؟ ——— میں نے تو کبھی نہیں سُنا۔ لیکن کبھی ہوتا بھی تو تم کیا کر لیتیں؟"

"میں وہی ہرا پھول پسند کرلیتی اور یوں میری زندگی بہاروں سے بھر جاتی۔ بہار ہرے پتّوں سے اور رنگین پھولوں سے عبارت ہے نا ——— ؟؟"

یہ ہرا پتّہ میرے سر پر کانپ رہا ہے۔ روشی بھی یہی کہتی تھی۔ بہار ہرے پتّوں سے عبارت ہے۔ پھر مجھے اس بہار کی ہری ہری پتّیوں میں زردی کیوں کھنڈی نظر آتی ہے۔ بہار کے سُرخ پھولوں کی بجائے یہ گیندے کے زرد پھولوں جیسی زردی کہاں سے میری آنکھوں میں بھر گئی ہے ——— ؟

روشی سوئٹر، موزے، ٹوپیاں بُنتے بُنتے آپ ہی آپ یوں چونک پڑتی تھی کہ

بار ہا اُس کے ہاتھوں سے سلائیاں گر جاتیں۔ اُس کی گلابی سفید انگلیاں یوں ہی گردش کرتے کرتے تھم جاتیں اور وہ سمندر جیسی گہری اور رات جیسی کالی آنکھوں سے اِدھر اُدھر دیکھتی۔ سہم سہم کر، ڈر ڈر کر یوں جیسے ڈرنا اس کے لئے یونہی اہم چیز ہو۔ چھٹیوں میں جب چچا ابا لکھنؤ سے آتے تو پھر بچے کبھی نچلے نہ بیٹھ سکتے۔ کبھی موٹروں میں لد پھد کر پکنک پر جا رہے ہیں تو کبھی آؤٹنگ کو۔ کہیں تاریخی مقامات دیکھنے کی دھن سمائی ہے تو کبھی سنیما دیکھنے کے پروگرام بن رہے ہیں اور جو کچھ نہیں تو گھر میں بیٹھ کر لطیفے یا دل لگی ہو رہی ہے۔

اُس دن سارے بچوں میں گھر کر روشی دیوانی جیسی ہو گئی۔ سب اُس سے کہہ رہے تھے، کوئی سی کہانی سُنایئے۔ پہلے تو وہ ٹالتی رہی۔ پھر اُکتا کر بولی۔

"کہانی وہانی تو مجھے آتی نہیں، ہاں کھیل کھیلتے ہیں ایک!"

"کون سا کھیل؟"

سب چیخ کر بولے۔

"بھول بُھلیاں!" وہ حسبِ عادت سہمے سہمے بولی۔

"بھول بُھلیاں؟" بچے حیرت سے بولے ہم نے تو کبھی ایسے کھیل کا نام نہیں سُنا!"

"میں تمھیں بتاتی ہوں۔ دیکھو ـــــ"

اک دم وہ آنکھیں بند کر کے ایڑیوں کے بل گول گول گھومتی چک پھیریاں کھانے لگی۔ کوئی دس پانچ پھیرے پورے ہو گئے تو رک کر بولی۔

"میرا منہ کدھر ہے؟" اس کی آنکھیں بند تھیں۔

"آپ کا منہ اس وقت انار کے پودے کی طرف ہے!" ذکی بولا۔

اُس نے ہنس کر آنکھیں کھول دیں اور بولی۔

"بس ایسے ہی کھیلا کرتے ہیں یہ کھیل۔ جہاں بھی قدم رُک جائیں وہاں آنکھیں کھول کر دیکھو۔ فرض کرو تمھارے سامنے سُورج ہے تو سمجھو تم روشنی کی طرف جا رہے ہو۔ جو چاند ہو تو جانو اُجالوں کی طرف لپک رہے ہو۔ ہاں! مگر دس پھیروں کے بعد رک جانا چاہیئے۔"

"اور جو کبھی کانونٹ کی طرف منہ ہوا تو؟" پمّی بور ہو کر بیزاری اور بھولپن سے بولی۔

"تو سمجھو تم کانونٹ جا رہی ہو۔"

روشی ہنس کر بولی۔

پمّی ناک چڑھا کر بولی۔ "ہمیں تو نہیں بھایا یہ کھیل۔!"

لیکن دوسرے بچّے اس بُھول بُھلیاں میں اپنی اپنی قسمت کی راہیں تلاش کرنے لگے۔

اک دم روشی ہنسے ہنستے سنجیدہ ہو گئی اور نیلو سے بولی۔

"دیکھنا ذرا، میں بھی گھوم کر دیکھ لوں۔ میری منزل کہاں ہے؟ کیا ہے؟"

وہ بولے ہوئے اور پھر تیز تیز گھُومنے لگی۔ اُس کے آسمانی دوپٹّے کے آنچل دونوں طرف لہرا کر گول گول ہونے لگے۔ چوٹیاں کھُل کر شانوں اور پیٹھ پر پھیل گئیں۔ اُس کے چاند جیسے مُنہ پر ہلکا سا خوف تھا اور پلکیں لرز رہی تھیں۔ گھُومتے گھُومتے وہ دسویں پھیرے پر رُک گئی۔ اور قدم جما کر آہستہ سے بولی۔

"میرا مُنہ کدھر ہے؟"

اِک دم ہنسی کا شور مچ گیا۔ نیلو بے حال ہوتی ہوئی بولی۔

"آپ کی منزل تو فرحت بھائی ہیں!"

"کیا مطلب ----- ؟"

اُس نے گھبرا کر آنکھیں کھول دیں۔

"ہاں دیکھئے نا! ----- آپ کے بالکل سامنے اُن ہی کا تو کمرہ ہے!!!"

اس نے آنکھیں جھپکا جھپکا کر کھڑکی کی طرف دیکھا۔ جہاں میں بیٹھا یہ سارا تماشا دیکھ رہا تھا۔ یونہی ہنس کر میں بولا۔

"ہاں روشنی میں تمھاری منزل ہوں!؟"

اُس نے بہت ----- بہت دُور سے ستاروں کی سی چمکتی ہوئی آنکھوں سے مجھے دیکھا اور ڈوبتی آواز سے بولی۔

"فرحت بھائی! آسمان تک کون پہنچ سکا ہے؟"

اور اُس ایک رات کو، جب سارے ستارے ایک ایک کر کے آسمان پر جگمگا اُٹھے تھے۔ سارے میں چھپکا چھپک چاندنی تھی۔ اتنے میں چاند بھی بیچوں بیچ جا ٹکا۔ روشنی حوض میں پیر ڈالے چھپا چھپ پانی اُڑا رہی تھی۔ پانی کی لہروں کے ساتھ ساتھ چاند اور ستارے بھی جھولا جھول رہے تھے۔ کبھی لہر کے ساتھ اِدھر تو کبھی اُدھر۔ اک دم اُس نے پانی میں سے پیر نکال لئے۔ چھپا کے اُڑانے سے اس کی کاسنی رنگ کی شلوار گھٹنوں تک بھیگ گئی تھی۔ وہ منڈیر پر پاؤں جما کر بیٹھ گئی۔ اور تھوڑی دیر میں پانی ساکت ہو گیا۔ اب چاند اور ستارے ایک جگہ ٹھہر گئے۔ چپ چپ چپ چپ۔ وہ حیرت سے بولی۔

"میری سمجھ میں نہیں آتا، چاند کا کیا مصرف ہے؟ اگر ان ستاروں کے بیچ چاند نہ ہوتا تو بھی آسمان یونہی جگمگایا کرتا۔"

میں اُسے پانی سے کھیلتے دیکھتے دیکھتے ابھی ابھی بنچ پر لیٹ گیا تھا۔ میں نے وہیں سے

چونک کر پوچھا۔

"روشی! تم نے مجھ سے کچھ کہا؟"

وہ مُڑ کر بولی۔

"نہیں میں کہہ رہی تھی، چاند کی کیا ضرورت تھی بھلا؟"

میں ادھ جلے سگریٹ کو تھامے تھامے اُٹھ بیٹھا۔ حیرت سے اُسے دیکھ کر بولا۔

"چاند کی ضرورت؟ تم اتنی بھولی ہو روشی۔ چاند کی زندگی کا مقصد یہی ہے کہ وہ دوسروں کو روشنی دے۔ جانے اندھیرے راستوں پر بھٹکنے والے کتنے لوگوں کو چاند نے اجالے دیئے ہوں گے۔"

اُس کی دم بدم جلتی بجھتی نگاہیں مجھ پر ٹھہر گئیں۔

"بس چاند کا یہی مقصد ہے فرحت بھائی؟"

"ہاں اور کیا!" میں ہنس کر بولا۔ "تم بھی تو چاند ہو نا!"

یہ بات تو میں نے یونہی کہہ دی۔ لیکن زرد چاندنی میں میں نے دیکھا کہ وہ یوں لرز کر رہ گئی جیسے ہوا کے تیز جھونکے سے ہلکی پھلکی ڈالی لرز کر رہ جاتی ہے۔

"ہاں سچ! ——— میں بھی تو چاند ہوں!" وہ اجنبی سے لہجے میں پوچھنے لگی۔ "لیکن فرحت بھائی! اگر چاند خود کسی منزل کا تمنائی ہو تو پھر ——— ؟"

میں اور زور سے ہنس پڑا۔

"روشی! تم تو بالکل بچی ہو۔ عجیب عجیب سی باتیں پوچھتی ہو۔ بالکل جیسے بچے پوچھتے ہیں نا۔"

اِک دم وہ بپھر گئی۔

"میں بچی ہوں ——— میں بچی ہوں!" ——— وہ تیز لہجے میں بولی۔ فرحت بھائی

مجھے یوں ہی بچی نہ سمجھ لیجئے۔ پورے اٹھارہ سال کی ہو رہی ہوں۔ اور اُس نے یہ کہتے ہوئے اپنے ہاتھوں، پیروں اور جسم کو یوں جھٹکا دیا کہ اس کا سارا بدن زبان بن گیا۔ تنگ تنگ آستینوں کے نیچے اُس کے زرد بازو مچل اُٹھے۔ گیلی شلوار میں، جو اُس کے ٹخنوں اور گھٹنوں سے چپک گئی تھی اس کی پنڈلیاں تھرک اٹھیں۔ لمبی پلکیں جو کبھی نیچے جھک جاتی تھیں تو گالوں پر ایک ساتھ ـــــ صبح شام کا منظر کھنچ جاتا تھا۔ سانپ اٹھیں۔ کہیں سے دو آبدار موتی اس کی آنکھوں میں آ بیٹھے۔ اور وہ اُن موتیوں کو سنبھالنے کی کوشش میں گھٹے گھٹے لہجے میں بولنے لگی۔

"فرحت بھائی! سبھی باتیں تو ایسی نہیں ہوتیں کہ انھیں ہنسی میں ٹال دیا جائے۔ آپ کبھی کسی کے دل کو سمجھنے کی کوشش بھی کیا کیجئے۔"

اور وہ زرد چاندنی میں زرد زرد سی مورت یوں دوپٹہ لہراتی چلی گئی کہ میں اُسے دیکھتا ہی رہ گیا۔

بچوں کے بیچ گھِر کر وہ بالکل ننھی بچی بن جاتی تھی۔ پھر اُسے یہ یاد نہ رہ جاتا تھا کہ وہ بچی نہ تھی۔ ہنستے ہنستے اُس کے گالوں میں گلابی رنگ کے چھوٹے چھوٹے گڑھے پڑ جاتے تھے۔ دوپٹے میں اپنے سفید سفید دانت اور سُرخ ہونٹ چھپا کر وہ دھیرے دھیرے گنگناتی ہنسی ہنسے جاتی ـــــ اب مجھے خیال ہوتا ہے۔ ہو سکتا ہے اس نے اپنے غموں پر پردہ ڈالنے کے لئے ہنسی کا ساتھ ڈھونڈھ لیا ہو۔ ورنہ ایسے دل میں جہاں اندھیرا ہی اندھیرا ہو وہاں منہ پر روشنی کا چراغ کیسے جل سکتا ہے؟ خواہ اُس چراغ کی روشنی زرد ہی کیوں نہ ہو۔

جب گرمیوں میں خنک اور سہانی راتوں میں چاند کے سائے زیادہ روشن ہو جاتے تو ہم لوگ باغ میں جا کر بیٹھ جاتے۔ رات گئے تک بچے کھیلتے۔ بڑے

باتیں کرتے اور جوان بیکار کے ہنگاموں میں خود کو اُلجھائے رکھتے۔ ایسے میں روشنی پلاسٹک کے بیگ میں اُون کے گولے ڈالے نٹنگ کرتی رہتی۔

اُس رات کھیلتے کھیلتے بچوں میں سے کسی نے پکارا۔

" روشنی بجیا! آیئے نا، بھول بھلیاں کھیلیں۔"

روشنی ہر بار کی طرح چونکی نہیں۔ بڑے سکون سے بولی۔

" میں ڈرتی ہوں، ان بھول بھلیوں میں الجھ کر نہ رہ جاؤں۔"

نیلو بڑے پیار سے ہنس کر بولی۔

" آپ بھلا کیسے اُلجھ سکتی ہیں بجیا! آپ کی منزل تو فرحت بھائی ہیں سوچی سمجھی منزل ——— جانے پہچانے راستے، بھلا ———"

سلائیاں پھینک کر روشنی نے نیلو کے مُنہ پر اپنا کانپتا ہوا ہاتھ رکھ دیا۔

" خاموش ہو جاؤ نیلو۔ اپنی زبان سی لو۔ تم تو کچھ بھی نہیں جانتیں۔ بالکل بچّی ہو!"

میں دُور سے بیٹھے بیٹھے روشنی کو ستانے کے لئے بولا۔

" بچّی تو تم ہو روشنی!"

میں جانتا تھا وہ اُس رات کی طرح الجھ جائے گی۔ اُسے ستا کر کچھ یوں ہی مزہ سا آتا تھا۔ وہ تڑپ کر سب سے بولی۔ وہی بے رنگ سا جملہ۔

" میں بچّی نہیں ہوں۔ پورے اٹھارہ سال کی ہوں!"

" لیکن میرے لئے تو بچّی ہی ہو۔ تم اٹھارہ سال کی ہو اور میں پورے چھبیس سال کا!"

میں ہنستے ہوئے اس کے پاس آیا۔ اور اس کے سر پر پیار اور بزرگی سے ہاتھ پھیرتے ہوئے بولا۔

" چلی بھی جاؤ گُڑیا ——— بچّے تمھارے ساتھ کھیلنے کو بے چین ہیں۔"

اِکدم اپنے گرم گرم ہاتھوں سے اس نے میرا ہاتھ تھام لیا۔ کچھ دیر پکڑے رہی پھر دھیرے سے چھوڑ دیا۔ مدّھم سی آواز میں وہ زیرِ لب بولنے لگی۔

"اگر یہ ہاتھ ——"

جانے وہ کیا کہتی کہ اُس کا گلا رُندھ گیا۔ آواز اُس کے حلق ہی میں گھُٹ کر رہ گئی۔ اس نے جلدی سے اپنا سامان سمیٹا۔ اور تیز تیز قدموں سے ڈولتی ہوئی یوں چل دی کہ اب گری اب گری۔ اگر میرے دل کی آنکھیں کھلی ہوتیں تو اُسی رات کو سمجھ جاتا، کہ جب روشنی آنکھوں میں آنسو لئے وہاں سے اُٹھ کر چلی گئی تھی تو چاند جگمگا رہا تھا پھر بھی سارے میں گہرا اندھیرا کیوں چھا گیا تھا۔ اگر میرے دل کے کان کھلے ہوتے تو میں اسی رات کو سمجھ جاتا کہ مدّھم سی آواز میں اُن کانپتے ہونٹوں نے محبّت کا ایک دھڑکتا پیغام دیا تھا۔

"اگر یہ ہاتھ میرے سر پر نہ رکھ کر آپ میرے ہاتھ میں دے دیتے تو —— تو —— تو ——؟"

لیکن وہ خاموش آواز میرے کانوں تک پہنچ ہی نہ سکی۔ میں یہ کیوں بھول رہا ہوں کہ بعض لوگ دنیا میں اسی لئے پیدا ہوتے ہیں کہ آنکھوں سے دیکھنے کی بجائے آنسو بہانے کا کام لیا کریں ——!

ایک دن شروع جاڑوں میں جب کہ سردیاں تیز بھی نہ ہوئی تھیں صبح ہی صبح روشنی سورج کی زرد کرن کی طرح میرے کمرے میں چلی آئی۔ اس نے ہاتھوں میں کوئی چیز چھپا رکھی تھی۔ سورج کی وہ زرد کرن میرے سرہانے آکھڑی ہوئی جہاں اب تک میز پر بیڈ ٹی رکھی ہوئی تھی۔

وہ حیرت سے بولی۔

"اب تک آپ نے چائے بھی نہ پی؟"

میں مسکرا دیا۔

"یونہی رضائی میں سے ہاتھ باہر نکالنا میری جان پر آرہا تھا۔ تم پلا دو نا!"
اس نے پلٹ کر موڑ کر الماری کھولی۔ اور کوئی چیز خانے میں رکھ کر میرے قریب آئی۔
اور کپ میرے منہ سے لگا دیا۔
"آپ کو بہت سردی لگتی ہے۔"
وہ بچوں کی طرح عجیب معصوم سے لہجے میں بولی۔
"ہاں کچھ ایسا ہی حال ہے۔ دیکھو نا ابھی تو جاڑے شروع بھی نہیں ہوئے ہیں!"
وہ لپک کر الماری میں سے اپنا رکھا ہوا بنڈل نکال لائی اور اسے کھولتے ہوئے بولی۔
"دیکھئے میں نے آپ کے لئے سوئٹر بنایا ہے۔"
کھڑکھڑاتے کاغذوں میں سے زرد رنگ کا سوئٹر نکل آیا۔
مجھے ہنسی آگئی۔
"حد ہے روشی! جب دیکھو تم نٹنگ کرتی رہتی ہو۔ میری مانو تو کوئی دکان کھول لو۔ خوب چل نکلے گی۔"
ہو سکتا ہے اُس نے سوچا ہو میں لپک کر اُس کا تحفہ لے لوں گا۔ اس تحفۂ محبت کو سینے سے لگا لوں گا۔ شکریئے کے طور پر پیار بھری باتیں کروں گا۔ لیکن یہ سب کچھ بالکل نہ ہوا۔ میرے یہ کہنے پر اُس کا چہرہ بھی سوئٹر ہی کی طرح زرد پڑ گیا۔
اکدم وہ غیر متعلق موضوع پر اُتر آئی ———
"کیوں فرحت بھائی! ڈاکٹر لوگ دنیا میں ہر بیماری کا علاج کرتے ہیں؟"
میں نے ایک ڈاکٹر کے سے خاص انداز سے اس کی طرف دیکھا اور ہنس کر بولا۔
"کیوں تمھیں کون سا روگ ہے؟"

"اگر غم کسی بیماری کا نام ہے تو مجھے غمگین رہنے، دکھی رہنے کی بیماری ہے۔ آپ کے پاس اس کا علاج ہو تو مجھے تندرست کر دیجئے۔"

میں اُس کی طرف غور سے دیکھنے لگا تو وہ بڑی دُکھی مسکراہٹ کے ساتھ بولی۔

"میں نے تو یوں ہی سُنا ہے فرحت بھائی! ڈاکٹر لوگ بہت مہربان ہوا کرتے ہیں!"

میں نے مذاقاً کہا۔

"نیند سارے غموں کو، سارے دکھوں کو بُھلا دیتی ہے۔ میں تمھیں خواب آور گولیاں دوں گا۔ انھیں کھا کر تم سو جاؤ گی۔ اور سارے دُکھ بھول جاؤ گی۔"

اُس کا چہرہ اُس لمحے بالکل بے رنگ ہو گیا۔ سُرخ تو کبھی تھا ہی نہیں سفید بھی نہ رہا۔ زردی بھی کہیں کھو گئی۔ وہ ڈوبتے لہجے میں بولی۔

"ہاں میں سو جانا چاہتی ہوں تاکہ سارا دکھ بھول جاؤں" وہ اپنے آپ ہی سے جیسے دہرانے لگی ——— "سو جاؤں گی!" ہاں ضرور سو جاؤں گی........

پھر اس نے اپنا چہرہ اٹھا کر عجیب سے التجا آمیز لہجے میں مجھ سے پوچھا۔

"آپ مجھے سُلا دیں گے نا؟ سچ میں سو جانا چاہتی ہوں۔"

اتنے میں میں نے سگریٹ سلگانے کے لئے سگریٹ لائٹر ڈھونڈھنا چاہا تو اُس نے لپک کر میرے ہاتھوں میں لائٹر تھما دیا۔ لائٹر کے ساتھ اُس کی دہکتی انگلیاں بھی میرے ہاتھوں میں آگئیں۔ اس لمحے میں ایک ڈاکٹر بن کر بولا۔

"تمھارا ہاتھ گرم کیوں ہے روشی۔ بخار تو نہیں؟"

"بخار ———" وہ چونک کر بولی ——— "بخار تو بالکل نہیں ہے۔ میرا دل جلتا رہتا ہے فرحت بھائی! اُسی کی تپش میری روح میں رچ بس گئی ہے۔"

مجھے اس پر رحم آگیا۔

"ہاں روشی! تم نے بہت کم خوشیاں دیکھی ہیں۔ تمھیں اپنی امی کی یاد بھی تو آتی ہو گی!"

میری اس بات کے جواب میں جن نگاہوں سے اس نے مجھے دیکھا تھا وہ مجھے آج تک یاد ہیں۔ لیکن اُس وقت میں کچھ نہ سمجھا تھا۔ اور سگریٹ پینے لگا تھا۔

اِکدم وہ چونکی۔ اس نے نیچے گرے ہوئے سوئٹر کی طرف دیکھا اور ذرا سا مُسکرا کر بولی۔

"آپ کو پسند نہیں آیا۔ لیکر چلی جاؤں۔"

میں نے یوں ہی بڑے بڑے بے پروائی سے کہا۔

"ارے اب رہنے بھی دو روشی! دی ہوئی چیز واپس نہیں لیا کرتے!"

اُس نے اپنے پتلے پتلے ہاتھوں سے سوئٹر تہہ کیا اور میرے سوٹ کیس میں ٹھونستے ہوئے بولی۔

"ہو سکتا ہے کبھی اسے دیکھ کر آپ کو میری یاد آجائے!"

وہ دبے پاؤں یوں کمرے سے نکل گئی جیسے ہوا کا جھونکا غیر محسوس طور پر نکل جاتا ہے۔

جاڑوں کے بعد گرمیاں آئیں۔ گرمیاں چھٹیاں لائیں۔ اور چھٹیاں ہنگامے لائیں۔ اب کی گرمیوں میں یو۔پی والی چچی اماں آئیں۔ چچی اماں کے ساتھ ان کی چھوٹی بیٹی رانی بھی آئی ——— رانی جس کے گال پھول تھے۔ آنکھیں چمکتے ستارے تھیں۔ ہونٹ گلاب کی پتیاں۔ بال گھٹائیں۔ قد سرو۔ مجسم بہار۔ جسے دیکھتے ہی دماغ اور دل میں، زندگی میں بہاریں سی بکھر جاتی تھیں۔ گئے سال وہ آئی تھی تو ادھ کھلی کلی تھی۔ اب کھلا ہوا شوخ پھول تھی۔ جو ہوا کے ہلکوروں سے جھونکے کھاتا تو آکر عین میرے دل کے سامنے جھومنے لگتا تھا۔ پہلے میری آنکھوں میں پسندیدگی کی جھلک تھی۔

اب وہ محبت سے بدل گئی۔ میں نے ہنستے ہوئے ہاتھ بڑھایا اور اُس پھول کو توڑ کر سدا کے لئے اپنے دل میں چھپالیا۔ بہاروں کو اپنی زندگی میں بھرلیا۔

کاش! وہ بہاریں بہاریں ہی ہوتیں!

اور اُس رات، جب آسمان پر پورا چاند تھا ——— مسہری پر رابی جھکی ہوئی بیٹھی تھی۔ پھولوں سے کمرہ مہک رہا تھا۔ میرے سر اور گلے میں پھول ہی پھول تھے زندگی میں، دل میں، آنکھوں میں، یہاں، وہاں، اِدھر اُدھر ہر طرف خوشبو ہی خوشبو! بہار ہی بہار، اُجالے ہی اُجالے! ——— جنوبی دریچہ کھول دینے سے میرے بستر پر چاند کی کرنیں ترچھی ہو کر پڑا کرتی تھیں۔ اُس رات میں نے خوشی سے سرشار ہو کر رابی سے کہا۔

"یہ جنوبی دریچہ کھول دوں؟ جس طرح ہماری زندگی میں اُجالے ہیں اسی طرح آج کمرے میں بھی چاند کو مہمان کیوں نہ کرلیں؟"

میں نے آگے بڑھ کر دریچہ کھول دیا۔

ہوا کی ٹھنڈی ٹھنڈی، ہلکی ہلکی سی لہر آئی اور میری نگاہیں چاند سے جا ٹکرائیں آسمان پر بھی ایک چاند تھا اور زمین پر بھی! ——— وہاں روشی کھڑی تھی جو بالکل چاند کی طرح زرد تھی۔ شادی میں سب نے خوب زرق برق کپڑے پہنے تھے لیکن اُس نے ہلکی پھلکی سفید شامدگی شلوار، سفید نائلون کی لمبی سی قمیص اور نائلون کا سفید ہی دوپٹہ اوڑھ رکھا تھا۔ وہ چاند کی زرد روشنی میں زرد زرد پتھر کا بے جان مجسمہ سی دکھائی دے رہی تھی ——— پتلے نائلون کی ڈھیلی ڈھیلی لمبی آستینوں میں سے اس کے بازوؤں کی زردی چھن چھن کر اُجالا بکھیر رہی تھی۔ کھڑکی کھلنے کی آواز پر اُس نے سر اٹھایا۔ اور چونک پڑی۔ مجھے اس سے اس طرح کی حرکت کی توقع نہ تھی لیکن مجھے

دیکھتے ہی وہ لپکی آئی اور نیچے کھڑے کھڑے سر اُٹھا کر مجھے دیکھا۔ جیسے چکور چاند کو دیکھتا ہو گا۔ اور بوکھلائے لہجے میں جلدی جلدی بولنے لگی۔

" فرحت بھائی! آج اکیلے میں میں نے بھول بُھلیّاں کھیلیں۔ چکّر پھیریاں کھا کر میں نے قدم روک کر جو آنکھیں کھولیں تو سامنے، سامنے ——— "

اُس کی آواز حسبِ عادت پھر گھُٹ گئی۔ وہ کچھ نہ بول سکی۔ اس کا جھکا ہوا سر ہلکے ہلکے کانپ رہا تھا۔ بہت دیر بعد بڑی مشکل سے وہ سر اُٹھا کر بولی۔

اگر میں واقعی چاند تھی تو میرا آسمان تو آپ ہی تھے۔ میں نے اپنی ساری روشنی آپ کو دے دی ہے ——— ہاں ——— "

میں پیار سے ہنس دیا۔

" ہاں روشی مجھے معلوم ہے تم مجھ سے بہت پیار کرتی ہو۔ تم سبھی سے بہت پیار کرتی ہو۔ بہت پیاری سی گڑیا ہو نا۔"

اِکدم وہ چیخی ——— " میں پیاری نہیں ہوں، بے حد بُری ہوں ——— اگر پیاری ہوتی تو ——— "

اُس نے جملہ ادھورا چھوڑ کر تیزی سے اپنے ہونٹ دانتوں سے دبا لئے اور آنکھوں میں چمک لا کر بولی۔

" جائیے فرحت بھائی! آج آپ کی شادی کی رات ہے!"

میں نے حیرت سے اُسے دیکھ کر کہا ——— " شدید غم اور ماں کی محبت سے محرومی نے بے چاری کو کس قدر مظلوم بنا دیا ہے۔!"

زندگی وہی تھی۔ وہی زندہ دلی۔ وہی سرگرمیاں۔ خوشیوں سے بھرپور ہنگامے۔

ایسے ہنگاموں میں کسے فرصت رہتی ہے کہ ایک دوسرے کا حال پوچھے بس اپنے آپ میں مگن!

پکنک، آؤٹنگ، سنیما، شاپنگ کے پروگرام اب زیادہ بنتے اور زیادہ چہل پہل رہتی۔ روشی کبھی کبھار ہی ہماری محفلوں میں نظر آتی ——— (لیکن یہ بات تو اب یاد آتی ہے۔ اتنی مدت گزر جانے پر) ——— خالہ جان کے ساتھ مل کر چُپ چاپ گھر کا کام کرتی، پھر امی کی تیمار داری۔ ان سب کاموں سے فرصت مِل گئی تو وہی اُون کے لچھے اور وہی الجھاوے۔

رابی اکثر پوچھتی۔

سب تو اس قدر ہنگامے کرتے ہیں۔ یہ روشی یوں ہی چپ چاپ کیوں رہتی ہے!"

پھر تین ماہ بعد میرا لندن جانا طے ہوگیا۔ وہاں سے مجھے ایف۔ آر۔ سی۔ ایس کی ڈگری لے کر لوٹنا تھا۔ رابی بھلا میرے بغیر کیسے رہ سکتی تھی۔ جب ہم جانے کے لئے تیاری کر رہے تھے۔ سوٹ کیسوں میں کپڑے اور دوسرا الم غلم سامان بھر رہے تھے کہ الماری کے ایک خانے سے وہی زرد سوئٹر نکل آیا۔ رابی نے سوئٹر کو الٹ پلٹ کر دیکھا اور بولی۔

"کس نے بنایا ہے۔ بہت خوبصورت نٹنگ ہے۔ لیکن جانے کیوں مجھے زرد رنگ اچھا نہیں لگتا۔ اسے دیکھ کر بس خزاں یاد آجاتی ہے جس سے مجھے کوئی دلچسپی نہیں۔"

میں کوٹ تہہ کرتے کرتے بولا۔" روشی نے بنایا تھا۔ زرد رنگ تو مجھے بھی پسند نہیں۔ مگر رکھے لیتا ہوں۔ لندن کی سردی تو مشہور ہے۔ شاید وہاں کام آجائے۔"

میں نے سوئٹر تہہ کر کے سب سے نیچے رکھ دیا۔

جب ہم کار میں بیٹھنے جا رہے تھے تو سارا گھر پورچ میں آکھڑا ہوا۔ سب کی نم آنکھیں میرا دل توڑ رہی تھیں۔ پائدان پر پاؤں رکھتے رکھتے میں نے امّی کی کمزور سی آواز سُنی۔

"سیدھے بازو پلٹ کر دیکھو بیٹے۔ اللہ تمھیں خیریت سے واپس لائے۔"

میں نے پلٹ کر دیکھا تو میری نگاہیں روشی پر جا کر ٹک گئیں۔ وہ اتنی زرد ہو رہی تھی جیسے گیندے کا پھول! جو خزاں کی طرح زرد ہوتا ہے۔ میں نے فرنٹ سیٹ پر بیٹھ کر غم کو چھپانے کے لئے ذرا سا مُسکرا کر کہا۔

"روشی اور تو سب نے فرمائشیں کی ہیں۔ لیکن تم نے بتایا نہیں کہ تمھارے لئے لندن سے کیا بھیجوں؟"

اُس کے چہرے پر بہت ہلکی سی مسکراہٹ آئی۔ اور وہ گنگناتے لہجے میں کچھ بولنے لگی۔

"مجھے کچھ نہیں چاہئے۔ میں نے تو خود اپنا ہر احساس آپ کو بخش دیا ہے۔"

مجھے یقین ہے اُس دن اُس کے ہونٹوں کی مبہم سی لرزش الفاظ کا جامہ پہنتی تو وہ یہی کہہ سکتی تھی۔

"مجھے کچھ نہیں چاہئے۔ مجھے کچھ نہیں چاہئے۔ مجھے تو بس آپ کی تمنّا تھی، نیلے آسمان کی۔ خوشیوں کی، جو مجھے کبھی نہ مل سکیں۔ اب میں آپ سے کون سی فرمائش کروں؟"

لیکن اس نے کچھ نہ کہا۔ اور کار زن سے پھاٹک سے باہر نکل گئی۔

لندن میں رابی کے ایک بیٹا ہوا۔ پھر ایک پیاری سی بیٹی۔ سب نے مبارک بادی کے تار، خط بھیجے۔ ٹرنک کال کئے۔ لیکن دونوں بار روشی کی طرف سے کوئی پیام نہ ملا۔ ویسے مجھے امید تھی کہ جب ہم لوگ واپس انڈیا جائیں گے تو سب سے پہلے بڑھ کر

میرے بچّوں کو روشی ہی گود میں لے گی۔ بچّوں کی تو وہ دیوانی تھی۔

بہت دِنوں بعد جب میں نے وطن کی، اپنے گھر کی سرزمین پر قدم رکھّا تو گھر میں جس چیز کا مجھے شدت سے احساس ہوا وہ یہ تھی کہ سارے ماحول پہ زردی سی چھائی ہے۔ باری باری سب سے مل کر میں نے جب پوچھا۔

"روشی کہاں ہے؟"

پھر کچھ دیر بعد نمّو بولی۔

"روشی تو مرگئی!"

"روشی مرگئی!" ——— میرا دل دہل سا گیا ——— لیکن کسی نے بھی تو ہمیں اطلاع نہیں دی؟"

امّی نے کہا ———

اتنی دور رہنے والوں کو ایسے غم کی خبریں سُنا کر پریشان نہیں کیا کرتے۔"

سوٹ کیس کی تہہ میں پیلا زرد سوئیٹر اُچھل کر دھڑکتا ہوا دل بن گیا۔ اور جیسے سرگوشی میں بولا۔

"ہو سکتا ہے کبھی اِسے دیکھ کر آپ کو میری یاد آجائے!"

"مرتے وقت وہ آپ کو بہت یاد کرتی تھی!"

"مجھے ——— ؟"

نمّو نے میرے حیرت زدہ چہرے کو گہری اور رحم بھری آنکھوں سے دیکھا اور چُپ رہ گئی۔

پھر اس رات باغ کے کونے میں بیٹھے بیٹھے نمّو نے اتنی ساری باتیں مجھے بتائیں کہ میں سُن رہ گیا۔

" روشی آپ سے محبت کرتی تھی!"

" محبّت —— ؟ —— میں حیرت سے چیخا —— محبّت؟ —— مجھ سے؟"

" ہاں! جنون کی حد تک۔ لیکن آپ نے کبھی اُسے سمجھنے کی کوشش بھی کی۔ مرنے سے پہلے وہ بالکل زرد ہوگئی تھی۔ ایک دن یونہی مجھ سے کہنے لگی۔

" نمّو! فرحت بھائی نے مجھ سے کہا تھا، چاند کا مقصد دوسروں کو روشنی دینا ہوتا ہے۔ اور وہ مجھے چاند کہتے تھے۔ میں نے اپنی ساری روشنی اُن ہی کو دے دی۔ وہ تو مجھے نہیں چاہتے تھے نا۔ جانتے بھی نہیں تھے کہ کوئی دل ہی دل میں اُنھیں اتنا پیار کرتا ہے۔ اگر میں اُن کی زندگی میں زبردستی داخل بھی ہو جاتی تو کیا ملتا؟ میں نے سوچا، اس سے اچھا تو یہی ہے کہ اپنی زندگی کا اُجالا بھی اُنھیں کو دیدوں۔

فرحت بھائی وہ سچ مچ زرد چاند ہوگئی تھی۔"

میں پتّھر بن گیا۔

" اس نے مجھے بہت دُکھ سے بتایا فرحت بھائی! —— وہ اتنے امیر تھے میں اُن کے دل میں جگہ پا بھی کیسے سکتی تھی۔ میں تو اُن کی مری ہوئی پھوپھی کی غریب سی لاوارث سی لڑکی تھی۔ امّی کا ہی احسان کیا کم ہے کہ انھوں نے اتنی محبّت سے پال لیا۔ وہ مجھے کیسے اپنا سکتے تھے۔ کوئی جوڑ تو ملتا۔ میں نے کئی بار اشاروں ہی اشاروں میں اپنے دل کی بات کہہ سُنانی چاہی۔ وہ سمجھتے ہی نہ تھے۔ ان کے لئے میں ایک دکھ بھری روح تھی۔ جسے اپنی ماں کا غم کھائے جاتا تھا۔ انھیں کیا پتہ تھا میری روح کن تیروں سے چھدی ہوئی تھی —— ؟"

میں نے گھبرا کر نمّو کو دیکھا۔ یہ میرے دل میں اتنے سارے کانٹے کیسے چُبھ رہے تھے۔

" آپ کو یاد ہوگا فرحت بھائی! ایک دن سب بھول بھلیاں کھیل رہے تھے۔ روشی نے پہلے تو اپنی آنکھوں کے سامنے آپ کے کمرے کو پایا۔ دوسری بار گھومی تو پچھواڑے کی طرف اس کا مُنہ تھا۔ جہاں قبرستان پڑتا تھا۔ وہ ہنس کر بولی تھی۔ ہاں یہ بھی ہو سکتا ہے کہ یہی میری منزل ہو۔"

اُس کی قبر پر ہمیشہ اُداس پیلے رنگ کے پھول بکھرے رہتے ہیں۔

اُس نے مرتے مرتے کہا تھا۔

" مجھے زرد رنگ بہت پسند ہے!"

تو وہ میں ہی تھا جس نے روشی کو سکون کی نیند سُلا دیا۔

ایک بار ایسے ہی اس نے پُوچھا بھی تو تھا۔

" آپ مجھے سُلا دیں گے نا؟"

اتنے دن گذر گئے ہیں۔ زندگی کیسی ویران سی ہو کر رہ گئی ہے۔ گناہ کے احساس کا یہ تیر سدا دل کو چھید سے جاتا ہے کہ محبت کا قاتل میں ہوں۔ دل میں یہ کیسی خلش ہوتی رہتی ہے۔ ہنسی ہنسی میں مبہم اشارے کرنے والی وہ خاموش ڈری سہمی سی لڑکی ـــــ کیا سچ وہ مجھ سے محبت کرتی تھی؟ ـــــ میں محبت کی زبان کیوں نہ سمجھ سکا۔ میں تو اُسے سدا ایک بچی سمجھتا رہا۔ جسے ماں کو پیار نہ ملا اور زندگی نے کوئی خوشی نہ دی ـــــ اب مجھے اس کے مبہم مبہم اشارے یاد آتے ہیں۔ تو محسوس ہوتا ہے کہ ہر اشارہ ایک واضح داستان تھا۔ پھر یہ داستان میں نے دل کے کانوں سے سُنی کیوں نہیں؟ ـــــ میں سمجھ بھی کیسے سکتا تھا کہ وہ مجھے چاہ سکتی ہے؟ اس صورت میں کہ رانی سے میری شادی ہونے والی تھی۔ میں کیسے جان لیتا کہ وہ میری

آنکھوں میں اُتر آنا چاہتی تھی ــــ میں کیسے سوچ سکتا تھا ــ کیسے ــ کیسے ــ کیسے ــ؟؟

بہت دنوں بعد جب گُڈّو کی سالگرہ منائی جا رہی تھی ۔ باغ میں بہت سارے لوگ مل کر ادھم مچا رہے تھے ۔ میں یونہی اپنے کمرے میں پڑا زرد گلابوں کو اپنے دل سے لگائے اُن کی اُداس خوشبو سونگھ رہا تھا کہ بچّوں نے آگھیرا ۔

پھولوں کے بیچ سب مل کر "بنڈل گیم" کھیل رہے تھے ۔

میری باری پر ایک پرچی میرے نام آئی ۔

" سچ سچ بتلایئے ــــ آپ کس سے محبّت کرتے ہیں ــ سچ سچ ــ سچ سچ ــ!"

باغ میں جتنے کانٹے تھے اُسی دم سب آکر میرے دل میں چبھ گئے اور قطرہ قطرہ لہو دل سے ٹپکنے لگا ۔

" میں کس سے محبّت کرتا ہوں ؟ "

میں نے ہر چہرے پر نظر ڈالی ۔

پھسلتی ہوئی نظریں یوں ہی ناکام لوٹ آئیں ــــ اُن سب کے بیچ وہ زرد چاند کہاں تھا ــــ وہ سہمی سہمی بڑی بڑی آنکھیں کہاں تھیں ۔ وہ لمبی لمبی پلکیں کہاں تھیں جو گالوں پر جُھک جاتی تھیں تو اندھیرے اُجالے گلے مل جاتے تھے ــــ وہ خاموش خاموش سے ہونٹ کہاں تھے جو سرگوشیوں میں کہا کرتے تھے ۔

میں تمھیں چاہتی ہوں ۔

میں تمھیں چاہتی ہوں ۔

میں تمھیں ــــ"

" بولئے نا ڈیڈی !" ــــ گُڈّو کی آواز میرے کانوں سے ٹکرائی ۔ اور میں نے اپنے دل کو دبوچ لیا ــــ زرد سوئٹر میرے جسم سے لپٹے لپٹے میرا دل بن کر دھڑکنے

لگا ــــ دھک دھک ــــ دھک دھک ــــ !

میں نے اپنی ویران آنکھیں آسمان پر گاڑ دیں۔

اور کہیں دُور سے بولا ــــ

" میں چاند سے محبت کرتا ہوں !! "

یہ ایک اور زرد زرد سا پتہ میرے سر پر گرا ہے۔

جسے گڈّو بہار کا نام دیتا ہے۔

اب تو میرا جی چاہتا ہے ساری دُنیا زرد ہو جائے ــــ یہ آسمان ــــ یہ چاند ــــ یہ سورج ــــ یہ ستارے ــــ یہ دھرتی ــــ یہ پھول ــــ سب کچھ زرد ہو جائے۔ سارے میں زردی چھا جائے ــــ ایسے ہی کسی پیار بھرے لمحے میں میں چاند کو جا پکڑوں۔ اور دھیرے سے اُس کے کان میں سرگوشی کر دوں۔

" تم میری ہو ــــ ! "

" میں تمھارا ہوں ــــ !! "

" ڈیڈی ! بہار آگئی ــــ بہار آگئی ! "

گڈّو کی تیز آواز گونج رہی ہے۔

وہ میرے کان میں چیخ رہا ہے ــــ " بہار آگئی ! ــــ بہار آگئی ــــ !! "

اور میں سوچ رہا ہوں ــــ

" کیا اب کبھی بہار آئے گی ــــ ؟؟ "

چاند ستارہ

شاہینہ مسلسل ایک ہی ریکارڈ کو بار بار بجائے جا رہی تھی۔

پھر مجھے دیدۂ تر یاد آیا
دل جگر تشنۂ فریاد آیا

ہواؤں میں نمی سی رچی ہوئی تھی۔ ادھ کھلے دریچوں سے موتیا کی کچھ بند کچھ کھلی کلیوں سے پھوٹتی خوشبو جیسے جھجکتے سہمتے کمرے میں داخل ہو رہی تھی۔ ہوا کا ایک شوخ جھونکا فوزیہ کے چہرے سے ٹکرایا تو اچانک اُسے اپنی آنکھوں میں لرزتے آنسوؤں کے گر پڑنے کا خدشہ محسوس ہوا۔ اسی دم شاہینہ نے مڑ کر پوچھا۔

"اے ری بجو! یہ دیدۂ تر کیا ہوتا ہے؟"

فوزیہ نے گھبرا کر شاہینہ کی طرف دیکھا۔ پھر اُسی لمحہ اس نے ساڑی کے آنچل سے اپنی آنکھیں پونچھ لیں۔ اور قدرے مُسکرا کر بولی۔

"تُو تو پگلی ہے شنّو! دیدۂ تر تو کچھ بھی معنی نہیں رکھتا۔ یہ شاعر بھی خوب ہوتے ہیں جو جی میں آئے کہہ دیتے ہیں۔"

تو فوزی! یہ تم کہہ رہی ہو کہ دیدۂ تر کچھ معنی نہیں رکھتا۔ پر ابھی ابھی یہ تم نے اپنی ریشمیں ساڑی کے آنچل میں شبنم کے سے قطروں کو جو سمیٹ لیا ہے تو یہ کیا

کچھ تھا؟ ـــــ پھر کیوں دیدۂ تر کچھ معنی نہیں رکھتا ؟

پھر کہو ـــــ کہونا ـــــ !

فوزی نے گھبرا کر شاہینہ کو دیکھا

" تو نے کچھ کہا شاہینہ ؟ "

وہ حیران اور پریشان سی ہو کر بولی ۔

" نہیں تو باجی ! میں تو خود آپ کی باتیں سنتی تھی ۔ تو سچ دیدۂ تر کچھ معنی نہیں رکھتا ؟ آں باجی ـــــ ؟؟ "

فوزیہ کے کانوں میں شاہینہ کی آواز کہاں پہنچ رہی تھی ۔ ریکارڈ کی آواز سارے میں گونج رہی تھی ۔

پھر مجھے دیدۂ تر یاد آیا
پھر مجھے دیدۂ تر یاد آیا
پھر مجھے ـــــ ......

فوزی نے بے بسی سے اپنے کانوں میں انگلیاں ٹھونس لیں ۔

فوزی نے عاجز آ کر اپنے کانوں میں انگلیاں ٹھونس لیں ۔

" شفیق بھائی ! آپ تو سچ مچ ناک میں دم کئے رہتے ہیں ۔ "

" میں نے کیا کیا ہے حضور ؟ بچے مجھ سے پوچھ رہے تھے ہم نے کبھی پری نہیں دیکھی ۔ پری دیکھنا چاہتے ہیں ۔ میں نے دکھا دی ۔ اب اس بات سے آپ کی ناک میں دم آنے کا کیا تعلق ہے ، یہ میری سمجھ میں نہیں آتا ۔ " پھر وہ شرارت سے جھک کر مسکرایا ۔ " اور یہ تو آپ نے سنا ہی نہیں ۔ میں نے انھیں یہ بھی تو بتایا ہے کہ کھلی

چھت پر جو شہزادہ سویا تھا، جس نے شہزادی کا دل لوٹ لیا تھا وہ یہی خاکسار تھا۔"

"قسم اللہ کی آپ بالکل ویسے ہیں۔ میں آپ سے کبھی نہ بولوں گی۔" اور فوزی اپنی ساڑی کا آنچل سنبھالتی بھاگ گئی۔

شفیق اسے جاتے دیکھتا رہا۔ دیکھتا رہا۔ یوں کہ اس کا وجود ایک نقطہ میں تبدیل ہو گیا۔ پھر اُس نے سر اُٹھا کر آسمان پر چمکتے ہوئے چاند کی طرف دیکھا۔

"چاند میں اور فوزی میں کچھ رشتہ ضرور ہے۔" اس نے مسکرا کر سوچا۔

کھانے کی میز پر فوزی بالکل بھری بیٹھی تھی۔ شفیق پلیٹ سے چمچہ بجاتا رہا۔ جب ابّو نے پہل کی تو شفیق بھی جُت گیا۔ ابّو نے حیرت سے اِدھر اُدھر دیکھا پھر کھنکھارتے ہوئے بولے۔

"فوزیہ بیٹی! تم کچھ سست سی دکھائی دیتی ہو؟"

"جی ہاں! ہوم ورک پورا نہیں کیا تھا اِس لئے ٹیچر نے بنچ پر کھڑا کر دیا تھا۔" شفیق بے حد سعادت مندی سے بولا۔

ابّو کے ہاتھ سے نوالہ چھوٹتے چھوٹتے بچا۔

"ہائیں! تم اتنی بے پروا کب سے ہو گئیں بیٹی؟"

فوزیہ نے کچھ کہنے کو منہ کھولا ہی تھا کہ شفیق پھر بول پڑا۔" اور ماموں جان! مجھ سے خواہ مخواہ اُلجھتی تھیں کہ انسان چاند پر پہنچنے والا ہے جبکہ میرا کہنا یہ تھا کہ چاند خود زمین پر موجود ہے۔"

ابّو نے ہاتھ روک لیا۔" ہائیں چاند زمین پر کیسے موجود ہے۔ میں نے تو کسی اخبار میں ایسی خبر نہیں پڑھی۔"

ٹیلی فون کی گھنٹی نے بھرم رکھ لیا۔ شفیق اٹھ کر فون ریسیو کرنے دوڑا اور فوزی کو

ہنسی روکنی دشوار ہو گئی۔

پھر مجھے دیدۂ تر یاد آیا

شمالی دریچوں سے ہوائیں آ آکر فوزی کو چھیڑ رہی تھیں۔ سونے کی طرح جھل مِل کرتا اس کا رنگ سُنہری ساڑی میں اور بھی لَو دے اُٹھا تھا۔ آنکھوں میں شفاف شبنم کی طرح ٹھہرے ہوئے آنسوؤں کے قطرے!! ہوا جیسے پاسِ حُسن سے جھجک کر سہم گئی۔ فاختئی رنگ کے پردے ہلتے ہلتے ٹھہر گئے۔ بس ہوا اور فضا میں موتیا کی مہک رچی رہ گئی۔ موتیا، جس پہ فوزی کی جان جاتی تھی۔

"میں مروں گی تو اپنی قبر پہ موتیا کا پودا لگوانے کی وصیت کرکے مروں گی۔"

ایک دن وہ بڑے مُوڈ میں آکر اپنی پسند کا اعلان کر رہی تھی۔

"اس حساب سے تو فوزیہ بی بی کی شادی موسمِ گرما میں کرنی چاہیئے!"

"کیوں بھلا؟"

رضیہ کو شادی اور موت کا تعلق کچھ سمجھ میں نہ آرہا تھا۔

"ارے بھئی گرمیوں میں موتیا کے پُھول اپنی بہار پہ ہوتے ہیں نا؟ ان کے دُولھا میاں جبھی تو موتیا کا سہرا باندھ کر آسکیں گے۔ ورنہ دوسرے موسم میں تو سٹرے بُسے پُھولوں پہ بات جائے گی۔"

فوزی کا مُنھ تپ گیا۔ "آپ عجیب آدمی ہیں۔ میں کیا کہہ رہی تھی اور آپ کیا کیا لے بیٹھے!"

شفیق ہنسا۔

"ہاں یہ لڑکیاں اسی طرح بات کو گھما پھرا کر کہا کرتی ہیں۔ قبر سے آپ کا مطلب سچ مچ کی موت تھوڑا ہی تھا۔ وہ تو ہم جانتے ہیں۔"

فوزیہ بھنا گئی۔ "آپ کا جواب نہیں حضور ـــــ جو جی میں آئے ہانکے جاتے ہیں۔"

اُس کے سیم گوں چہرے کا رنگ دم بدم بدل رہا تھا اور آنکھیں مارے غصّے کے کبھی تو خاکستری نظر آنے لگتیں اور کبھی بھوری۔

پھر وہ اپنے شرارت بھرے چہرے کو اُس کے چہرے کے بہت قریب لاکر بولا۔

"مگر آپ یقین رکھیے، کسی موسم میں شادی ہو میں آپ کے گھر دولھا بن کر آؤں گا تو موتیا ہی کا سہرا باندھ کر آؤں گا۔"

فوزیہ نے چہرہ اُٹھا کر اُسے غصّے سے گھورا۔

"ہونہہ! دُولھا بن کر آئیں گے یہ!!"

اُس کی آنکھوں میں حقارت ہی حقارت بھری ہوئی تھی۔ شفیق اِسے بھی محبّت کا ایک انداز سمجھا۔

پھر اچانک یوں محسوس ہوا جیسے گھر میں برات اُتر گئی ہو۔ ہر طرف چہل پہل اور دھوم دھڑکا! پھوپھی امّاں اپنے شفّو کا پیام فوزیہ کے لئے لے کر آئی تھیں۔ فوزیہ جو سچ مچ چاند کی رشتہ دار تھی۔ بلّیوں کی طرح سبز آنکھیں جو لمحہ بہ لمحہ رنگ بدلتی تھیں۔ سنہرا رنگ جو ہنسی اور غصّے میں دمکنے لگتا تھا۔ بھورے سنہری مائل گال جن پر کبھی بھولے بسرے آنسو ٹھہر جاتے تو سچے موتیوں کا شک ہوتا۔ فوزی جو پیلے اور گہرے فیروزی رنگ کی خوب لمبی سی امریکن کار میں کالج جاتی تھی اور پڑھتی تھی کہ انسان چاند پر پہنچنے کی کوشش کر رہا ہے۔

لیکن پتہ نہیں شفّو نے کون سے کالج میں پڑھ لیا تھا کہ زمین پر بھی ایک چاند ہے۔ ورنہ اگر سچ مچ کوئی چاند ہوتا تو سب سے پہلے شفّو ہی اُسے حاصل کرنے کے لئے لپک نہ پڑتا؟

ابّو نے جب گول مول باتوں میں پیام رد کر دیا تو ہر چند کہ اُنھوں نے اپنی امارت اور بہن کی عزت کا کوئی سوال نہ اُٹھایا تھا، لیکن اُس دن شفیق پر ساری دُنیا تاریک ہو گئی تھی۔ وہ کتنی ہی دیر سر جُھکائے اپنے کمرے میں بیٹھا رہا۔ دو ایک بار فوزیہ اُدھر سے آنکھوں میں خوشی دبائے گزری پھر بھی اُس نے سر اُٹھا کر نہ دیکھا۔ چاند دھیرے دھیرے اِدھر سے اُدھر ہو گیا۔ تارے ایک ایک کر کے غائب ہو گئے لیکن شفیق اسی طرح سرنگوں بیٹھا رہا۔ موتیے کے حسین اور خوشبو دار پھول جن کا نہ جانے کتنے دنوں سے اس نے سہرا گوندھ رکھا تھا، سارے کے سارے مُرجھا مُرجھا کر ٹوٹ گئے اور وہ یوں ہی بیٹھا رہا۔ جب صبح کی پہلی کرن اُس کے کمرے میں داخل ہوئی تو اُسے احساس ہوا کہ رات ڈھل چکی ہے۔ وہ اپنے اس خیال پر خود ہی مُسکرایا لیکن یہ کیسی رات ڈھلی ہے کہ روشنی کا کوئی گزر ہی نہیں!

"تم خدا نہیں تھیں، لیکن خدا کی طرح مجھ سے قریب تھیں۔ میں اکثر سوچتا تھا کہ تم اگر پاس ہو تو دنیا میں کوئی غم نہیں ہے۔ لیکن تم زندگی میں اس طرح آئیں جیسے رات کی خاموش، اُداس تنہائی میں پھول کی خوشبو جسے سمیٹنے اور دل میں چھپا کر رکھ لینے کا یارا نہ ہو ـــــ بھلا خوشبو بھی کبھی قید ہو سکی ہے؟؟ لیکن تمھارا چلا جانا تمھارے آنے سے بھی زیادہ تکلیف دہ تھا۔ تم اس طرح چلی گئیں جیسے دُھوپ دیکھتے دیکھتے غائب ہو جائے۔ جیسے روشنی ماند پڑ جائے۔ اُجالا کھو جائے۔ میں نے یہ کبھی نہیں سوچا تھا کہ تم جو ایک ہنسی کی طرح میرے ہونٹوں پر چھائی تھیں۔ آنسو بن کر میری آنکھوں، میرے دل سے نکل جاؤگی۔ اب سوچتا ہوں واقعی تم خدا ہی کا ایک رُوپ تھیں۔ جو بظاہر بہت مہربان ہونے کا دعویٰ کرتا ہے۔ لیکن دراصل کچھ اور ہی ہوتا ہے۔ میں نے تمھیں دیا ہی کیا ہے جو تم سے کچھ مانگنے کا حوصلہ کروں۔

لیکن یہ میری خلوص بھری بددعا ہے کہ تمھارے کندن کی طرح دمکتے گالوں پر سدا سچے موتی جگمگاتے رہیں۔ اور یہ خلوص بھری بددُعا بھی محض اِس لئے ہے کہ ہوسکتا ہے اِس طرح تم اپنے دل کی آگ ٹھنڈی کرسکو۔ میں یہ کیسے مان لوں کہ تمھارے دل میں میرے لئے کوئی آگ نہیں بھڑکے گی؟ میں تمھارا دوست ہوں نا؟ میں بھلا کب چاہوں گا کہ تم آگ میں جلتی رہو۔"

فوزیہ تیسری بار اُدھر سے گذری تو شفیق کو پھاٹک سے نکلتے پایا۔ ایک لمحہ کو اُس نے رُک کر فوزی کی طرف دیکھا تھا، صرف ایک لمحے کو۔ اور شاید وہی ایک لمحہ تھا جس میں ساری دُنیا آنسوؤں سے بھیگ گئی تھی۔ بچّے بازار سے شاپنگ کرکے ابھی ابھی لوٹے تھے اور مسلسل ایک ہی ریکارڈ بجائے جارہے تھے۔

پھر مجھے دیدۂ تر یاد آیا۔

اور جب فوزیہ تیزی سے پلٹ کر اپنے کمرے کو جارہی تھی تو ہوا نے اس کے قدم جکڑ لیئے "تم خدا نہیں تھیں لیکن خدا کی طرح مجھ سے قریب تھیں۔"

فوزیہ نے آنسو بھری آنکھیں اٹھائیں۔ "وقت گزر جاتا ہے لیکن یادیں جہاں کی تہاں رہتی ہیں۔ کیسے کیسے گھاؤ دل کو سہنے پڑتے ہیں۔"

وہ اُٹھ کر دریچے کے قریب آئی۔ موتیا کے پھول ہواؤں کے ساتھ اٹکھیلیاں کررہے تھے۔ اس نے سر اُٹھا کر آسمان کی طرف دیکھا۔ روشن چاند کے قریب ہی ایک ستارہ چمک رہا تھا۔ فوزی کو بھولی بسری یاد نے آدبوچا۔

"یہ ستارہ ہے نا! سُنتی کیوں نہیں؟ کام کی بات بتا رہا ہوں، یہ جو ستارہ ہے نا؟ جب چاند سے بالکل مِل جائے گا، اس دن قیامت آجائے گی!"

"لیکن شفو بھیا! قیامت ہوتی کیسی ہے؟"

"قیامت؟ ارے تم نے قیامت نہیں دیکھی، پھر یہ اور کیا ہے؟"

شاہینہ نے پلٹ کر دیکھا۔ گہرے نیلے رنگ کی کریپ کی شلوار اور اُسی رنگ کے کُرتے اور دوپٹے میں ملبوس فوزی گلاب کی کلیاں چُن رہی تھی۔ اُس نے حیران حیران نگاہوں سے دونوں کو دیکھا۔ شاہینہ ہنس کر بولی۔

"اری بجّو! آپ نے سُنا، شفّو بھیّا آپ کو قیامت کہتے ہیں۔"

فوزی کا چہرہ گہرا سُنہری ہوگیا۔ "تمہارے شفّو بھیّا تو جو جی میں آئے کہتے رہتے ہیں۔ وہ تو یہ بھی کہتے ہیں کہ چاند زمین پر موجود ہے۔"

"تو کیا جھوٹ کہتا ہوں؟"

وہ جان بوجھ کر فوزیہ کے قریب آگیا۔

"آپ سے سچ کہنے کی امید ذرا کم ہی رہتی ہے۔"

"لیکن اللہ قسم ایک بات کبھی جھوٹ نہیں بول سکتا" وہ خالص فوزی کے لہجے کی نقل کرتے ہوئے بولا۔

"وہ کیا؟" وہ ہنس کر بولی۔

"یہی کہ خاکسار آپ کا سچّا عاشق ہے۔"

"بالکل تھرڈ کلاس عاشقی ہے۔" فوزیہ مُنہ بنا کر بولی۔

"پچھتائیں گی۔ یاد رکھیے گا۔"

"آپ بھی کوئی بھلانے کی چیز ہیں؟ وہ ذرا طنز سے بولی تھی۔

اور اب وہ، وہی تو تھا جو رہ رہ کر یاد آرہا تھا۔ فوزیہ نے کب سوچا تھا کہ وہ ہنسی ہنسی میں جی ہار جائے گی۔ وہ کھلنڈرا سا لڑکا جو اپنے کمرے میں پڑھتے پڑھتے اچانک بچوں میں جا کر کودنے پھاندنے لگتا تھا۔ جو پڑھائی سے جی چُرا کر، آم کے

کے درختوں پر چڑھ کر ناول پڑھا کرتا تھا۔ جو کیلے میں بالکل فلموں کی طرح ڈائلاگ بولنے لگتا تھا۔ اچانک اِس طرح اُس کے ہوش و حواس پر چھا جائے گا کہ اُس کی یاد کے ساتھ ہی آنسو نکل آیا کریں گے۔

"میں تمہاری طرح اتنا خوب صورت ہوتا کہ آنکھوں کے پانی پر موتیوں کا یقین ہوتا تو خدا کی قسم موتیوں کی دکان کھول لیتا۔"

لیکن اب اُس کی بلوریں آنکھوں میں کتنے ہی موتی چھپے تھے کہ وہ چاہتا تو ان کا سہرا گوندھ سکتا تھا۔ لیکن وہ موتی سمیٹنے والا کہاں تھا؟ پتہ نہیں اُسے کیسے علم ہو گیا کہ ماموں جان نے پیام صرف غربت کی وجہ سے ٹھکرا دیا۔ بس وہ دن اور آج کا دن ـــــ اس کی کسی کو خبر نہ ملی کہ کہاں چلا گیا۔ دُور دیس کو چلے جانے والے کبھی یہ نہیں سوچتے کہ درد کی سوغات سنبھالنا کتنا کٹھن ہوتا ہے۔ اُس نے کھڑکی میں کھڑے کھڑے نیلے آسمان کو تکتے ہوئے انتہائی دُکھ کے ساتھ سوچا۔

پھر ایک ایک کر کے سب موسم آئے اور چلے گئے۔ وہ جان لیوا موسم بھی گزر گیا۔ جب شام کو بادل جھومتے تو ملگجا ملگجا اندھیرا چھا جاتا۔ اور کسی نہ کسی کونے سے نکل کر وہ سرگوشی میں پوچھتا۔

"میں نے کہا فوزیہ بی بی! آپ نے کہیں اپنی زلفیں تو نہیں کھول دی ہیں، جو فضاؤں میں ایسا اندھیرا رچ گیا ہے۔"

چھم چھم مینھ برساتی سہ پہریوں کو وہ کسی آم کی شاخ سے کُود کر کپڑے نچوڑتا ہوا اس کے قریب آتا۔

"شکر ہے آپ بھلی چنگی ہیں۔ ورنہ میں تو یہ سمجھ رہا تھا کہ یہ موتیوں کی برسات

کہیں آپ کی حسین آنکھوں کا فیضِ عام تو نہیں!"

اور پھر جاتی سردیاں اور آتی گرمیاں۔ ہائے وہ یادوں سے بوجھل موسم، موتیا کی ادھ کھلی کلیوں سے جب ساری فضائیں مہک جاتیں۔ اندھیروں میں تاروں کی طرح چمکتے ہوئے گول گول پھول جھومتے۔ تب کیسے کیسے اُسے اس غیر اہم سے لڑکے کی یاد آنے لگتی جو کبھی اُس کے لئے کوئی حقیقت نہ رکھتا تھا۔ اور پھر بھی سب کچھ تھا۔ وہ کیسے اُسے بھولے گی؟ کیسے اپنے دل کو تھامے گی۔ شادی کے ہنگامے اپنے عروج پر آجائیں گے اور سارے گھر میں دُھوم دھڑکا ہو جائے گا۔ اُس وقت اس کا اپنا دل کتنا ویران ہوگا وہ کیسے زندہ رہے گی؟ ابو کتنے خوش ہیں بارہ سو روپے ہوتے بھی تو بہت ہیں، جبکہ ان کے ساتھ ایک بنگلہ اور گہرے ہرے رنگ کی پلے متھ کار بھی ہو۔ لیکن کبھی کبھی ایسا سوچنا بھی تو خوشگوار معلوم ہوتا ہے کہ چھوٹا سا ایک گھر ہو۔ جس میں گیرج ہو نہ صوفے، نہ بھاری بھرکم پردے ہوں نہ پیالو لیکن ایک شفیق سا چہرہ ہو۔ محبّت کرنے والا! جو بچّوں کی آنکھ بچا کر اندھیرے اُجالے، کونے کھدرے، کندھوں سے پکڑلے۔ اور اپنی گرم گرم سانسوں کا شہد کانوں میں گھولتے ہوئے بولے۔

"اللہ قسم تم تو پوری قیامت ہو!"

اس نے اپنے تپتے ہوئے چہرے پر ہاتھ پھیرا۔ چمکتے آنسو، پانی کا روپ دھار کر اس کے ہاتھ کو بھگو گئے۔ کھُلا کھُلا آسمان جو شفّو کے دل کی طرح وسیع تھا چاند جو اُس کی آرزو کی طرح روشن تھا۔ ستارے جو اُس کے آنسوؤں کی طرح چمکدار تھے۔ یہ سارے کے سارے مل کر کسی نہ کسی طرح اُسے شفّو کی یاد دلاتے تھے پیلے اور سُوکھے پتّے اِدھر سے اُدھر اُڑتے پھر رہے تھے۔ اُس کا دل بھی اپنی جگہ پر نہ تھا۔

اندر شاہینہ بے سُری تانوں سے الاپ رہی تھی۔

پتہ ٹوٹا ڈال سے لے گئی پون اُڑائے

اب کے بچھڑے کب ملیں دُور پڑے ہیں جائے

وہ کھڑکی میں بیٹھے بیٹھے بہت دیر تک اِن درد بھرے بولوں کو دہراتے ہوئے گنگناتی رہی۔

پتہ ٹوٹا ڈال سے.......

پتہ ٹوٹا ڈال سے........

اور پھر یہ سب کچھ ایسے ہوا جیسے خواب میں ہوتا ہے۔

وہ اُس رات آم کے مضبوط تنے سے لگی ہوئی کھوئی بیٹھی تھی کہ کسی کی گیلی گیلی آواز نے اُسے چونکا دیا۔

"میں یہاں ہر چیز چھوڑ گیا۔ سوچا صرف ایک ہی چیز کیوں ساتھ لیتا جاؤں؟ آج واپس کرنے آیا ہوں ۔اپنی امانت سنبھال لو۔" اس نے اپنا مضبوط ہاتھ سامنے کر دیا۔

اس نے پھٹی پھٹی حیران آنکھوں سے اُسے دیکھا۔ یہ کون تھا جو اُسے اُلاہنے دینے آیا تھا۔ یہ کون تھا جو اس کی زندگی کا درد سمیٹنے آیا تھا۔ اُس کے ہونٹ کومل کومل ننھی پتیوں کی طرح کانپے۔

"لیکن تم ایک امانت لوٹا بھی دوگے تو وہ سب کچھ کیسے لوٹاؤ گے جو ہیں اب تک تمھارے......"

آواز اُس کے گلے میں گھُٹ کر رہ گئی۔

شفّو حیران سا اُس کے قریب آ کر بولا۔

"فوزی! میں جان کر تمھیں دکھ دینے نہیں آیا۔ راستے میں تمھارا شہر پڑتا تھا۔ سوچا کہ وہ درد کی سوغات دیتا چلوں جس نے چار برسوں میں کبھی ایک لمحے کو بھی مسکرانے

کا موقع نہیں دیا۔ یہ تمھاری وہ تصویر ہے جو میں نے باغیچے میں کھینچی تھی۔ تم نہا کر اپنی سیاہ زلفوں کو جھٹکا رہی تھیں۔" وہ جھک کر بولا۔

"اب وہی سیاہی میرا مقدر بن گئی ہے شفیق!"

وہ روہانسی آواز میں بولی۔

وہ ذرا اُلجھ کر بولا۔

"تم نے خود اندھیروں کو گود لیا ہے۔ شکایت کیوں کرتی ہو اب؟"

وہ قدرے رُکا۔ پھر سر اُٹھا کر آسمان کو دیکھتے ہوئے بولا۔" ان بادلوں کا بھی کوئی بھروسہ نہیں، نہ جانے کب اور کہاں برس پڑیں۔ تو میں چلوں۔"

اُس کے ساتھ ہی فوزیہ نے بھی سر اُٹھا کے آسمان کو دیکھا۔ اس کے چہرے پر نور سا چھا گیا۔ قدرے مُسکرا کر بولی۔

"شفو! ایکبار تم نے کہا تھا نا کہ جب یہ ستارہ چاند سے بالکل مل جائیگا تو قیامت آجائیگی!"

شفّو نے حیران حیران نگاہوں سے اُسے دیکھا اور کچھ پوچھنے ہی والا تھا کہ فوزیہ تیزی سے آگے بڑھی اور اپنی ساڑی کے آنچل سے اُس کی راہ روکتی ہوئی بولی۔

"میں خدا نہیں ہوں اور نہ خدا ہو کر تمھاری آنکھوں سے اوجھل رہنا چاہتی ہوں! کیا تم بھی اس بات سے خوش نہیں ہو شفّو کہ ہم محض انسان ہیں جو ایک دوسرے کو نہ صرف دیکھ سکتے ہیں بلکہ چھو بھی سکتے ہیں؟"

شفّو نے حیران ہو کر پہلے فوزیہ کو اور پھر آسمان کو دیکھا۔ جہاں چاند اور ستارے کو ایک بدلی نے اپنے دامن میں سمیٹ لیا تھا۔

اِک چنبیلی کے منڈوے تلے

"میرے چاند"

خدا کرے تم اتنے برس زندہ رہو جتنی بار چاند چڑھا ہے اور جتنی بار سورج اس آسمان پر چمکا ہے۔ خط لکھنے کے لئے قلم ہاتھ میں سنبھالتی ہوں تو کچھ سوجھتا نہیں، تمھاری پیاری صورت آنکھوں میں جھومنے لگتی ہے۔ ایسے میں لکھ بھی کیا سکتی ہوں؟

یہ چند حروف تو اس لئے لکھ کر بھیج رہی ہوں کہ تمھیں یاد دلا سکوں، آج کی رات آم کے اسی گھنے پیڑ تلے میرا انتظار کرنا جس کے سائے میں بابا نے ایک پیاری سی کیاری بنا رکھی ہے اور جس میں کھلی چنبیلی سے سارے میں مہک رچی رہتی ہے ——

آج اسی چنبیلی کے منڈوے تلے میں تمھاری ہو جاؤں گی نا —— ! میرا دل انجانے وسوسوں اور نئے پرانے ارمانوں سے دھک دھک ہو رہا ہے —— لیکن مجھے تمھارے پیار پر اتنا ہی بھروسہ ہے جتنا خدا کی ذات پر —— اسی لئے تو میں سب کچھ چھوڑ چھاڑ کر تمھارے پاس آرہی ہوں ——

یہ سچ ہے میرے چاند! کہ بابل کی گلیوں سے ہزار نخبت ہونے کے باوجود ایک وقت وہ آتا ہی ہے جب یہ ساری محبتیں زنجیر لگنے لگتی ہیں، اور جی چاہنے لگتا ہے

جلد سے جلد اس قید سے چھٹکارا ملے۔ میں آج کتنی خوش ہوں، اس کا احساس سوائے تمھارے اور کون کرسکتا ہے ——؟

آج میں اس بات پر مغرور رہوں کہ بابا نے مجھے پڑھنا لکھنا سکھا کر اس لائق تو کیا کہ میں اپنے احساسات تم تک پہنچا سکوں —— یہ سب تمھیں اس لئے لکھ رہی ہوں کہ مجھے یقین ہے، ملنے پر زبان میرا ساتھ نہ دے پائے گی۔ زبان میرا ساتھ نہ دے سکے تو کیا غم —— قلم تو میرا اپنا ہے ——

تو چاند —— ! اب میں چلوں —— ؟ خدا کرے یہ خط تم تک اسی طرح آسانی سے پہنچ جائے جس طرح بلا کسی کھٹکے میں تمھارے خوابوں میں چلی جاتی ہوں۔ دل کے سارے پیار کے ساتھ ——

تمہاری ہی
عاشی

خط پیار کی خوشبو سے مہکتا ہوا خط —— بابا کے بوڑھے لیکن مضبوط ہاتھوں میں کانپ رہا تھا۔ کپکپاہٹ جو کمزوری سے نہیں۔ غصّہ ضبط کرنے سے پیدا ہوتی ہے۔

ہونہہ! —— تو یہ ہے شریفوں کی روسیاہ اولاد۔

اسی لئے تو کہتے ہیں لڑکیوں کو پڑھانا لکھانا نہیں چاہیئے۔ یہ کرتوت، بدنامی کے داغ —— اُس کا چہرہ سُرخ ہو اٹھا۔ ایک بار پھر اس نے اس لرزتی ہوئی پیار کی کائنات پر نظر ڈالی جہاں باریک اور خوشنما لکھاوٹ میں گھرا "میرا چاند" مسکرا رہا تھا۔

بے حیائی کی بھی ایک حد ہوتی ہے۔ کنواری لڑکی اور کسی غیر مرد کو، میرے چاند کہہ کر مخاطب کرے! بابا کی آنکھوں سے خون سا چھلکنے لگا۔

"بابا ــــــ کھانا تیار ہے۔ روٹی کھا لیجئے۔" دنیا بھر کی مٹھاسوں میں ڈوبی یہ رسیلی آواز سُن کر بابا غصے سے کھول گیا۔

" روٹی کیوں کھاؤں، تجھے ہی نہ کھاؤں؟"

اُس نے چلّا کر کہنا چاہا لیکن مصلحتاً ضبط کر گیا۔ کراری اور کڑوی آواز سے بس اتنا ہی کہہ کر رہ گیا۔

" آج کھانا نہیں کھاؤں گا۔"

جی تو یہ چاہتا تھا بات اس طرح پوری کرے۔" رات کو خون جو پینا ہے۔" لیکن ٹال گیا۔

بابا کا جواب سُن کر عائشہ جھومتی ہوئی باہر آئی۔ وہ چل کیا رہی تھی رقص کر رہی تھی۔ چہرے پر گلال بکھرا ہوا تھا۔ اور رات کے رت جگے کے تصوّر سے آنکھوں میں ابھی سے گلابی ڈورے تیر رہے تھے۔

"کیوں بابا؟ جی اچھا نہیں ــــــ؟ اس نے پاس آ کر بڑی ملائمت سے پوچھا۔

"اچھا بھلا ہوں۔ لیکن بھوک ہی نہیں تو کھاؤں گا کیسے ــــــ؟"

اس نے مارے غصہ کے منہ پھیر لیا۔

عائشہ کا دل باپ کی اس ادا سے بجھ سا گیا۔ اب وہ اکیس سال کی ہو رہی تھی اور اس کی یادداشت میں ایک بھی لمحہ ایسا نہ تھا جب باپ نے یوں بے رخی سے بن بات منہ پھیر لیا ہو اور پھر آج ــــــ؟

آج تو ویسے ہی اس کا دل میکہ چھوڑنے کے خیال سے ٹوٹا ٹوٹا تھا۔ ویسے ہی اس کے دل پر آنسوؤں سے بھرے ڈھیر دل بادل چھائے ہوئے تھے۔

ایسے میں بابا یوں ناراض ہیں۔

وہ آنے والی خوشیوں اور موجودہ غموں سے چمکتا اور سہمتا چہرہ اُٹھائے کچھ دیر تو باپ کو دیکھتی رہی پھر سر جھکائے اندر چلی گئی۔

اور کوئی وقت ہوتا تو بابا کبھی اسے اس طرح اداس نہ جانے دیتا۔ بیوی کی موت کے بعد سے تو اس کا جان اور ایمان سب کچھ عائشہ ہی تھی ـــــ

پورے اکیس برسوں تک اس نے کس پیار سے اسے پالا تھا۔ کبھی بیٹی کو ایک ہلکی سی گھڑکی تک نہ دی۔ ایک سے ایک اچھا پیام اس کے لئے آیا لیکن اس نے ہر پیام کو یہ سوچ کر رد کر دیا کہ جس طرح میں نے اپنی عائشہ کو لاڈ پیار اور آرام سے رکھا ہے ـــــ اور کوئی نہ رکھ پائے گا ـــــ

جب بھی جس چیز کی فرمائش کی۔ اپنی بے مائیگی کے باوجود بیٹی کی خواہش پوری کی۔ غریبی کے ایام میں خود بھوکا رہ کر ننگا کھلا رہ کر اسے کھلایا پہنایا لیکن یہ کبھی نہ ظاہر ہونے دیا کہ ایک سیّد کو جو اتنا خوددار اور غیرت مند ہو کہ کبھی کسی کے آگے ہاتھ نہ پھیلاتا ہو، یہ سب کرنے میں کتنی تکالیف کا سامنا ہوتا ہوگا اور آج ـــــ ! ـــــ آج اُسی بیٹی نے محبّتوں کا یہ صلہ دیا۔ عزّت ڈبونے میں کوئی کسر ہی باقی نہ رکھی ـــــ

آخر میں کس دُنیا میں جی رہا تھا کہ اس حد تک بات طے ہو گئی اور مجھے پتہ ہی نہیں اور آج بھی کیا پتہ چلتا اگر وہ خنزیر کی اولاد اتّو گھبرا کر نہ بھاگ نکلتا ـــــ

ہوا یہ کہ آج صبح ہی صبح بابا جب مسواک لے کر اپنے باغیچہ کی منڈیر پر بیٹھا ہی تھا کہ ادھر سے اتّو گذرا۔ بابا نے آپ ہی آپ سارے گاؤں کے بچوں بڑوں کی ذمہ داریاں اپنے ذمّہ لگالی تھیں کہ کون کدھر جاتا ہے کون کیا کرتا ہے!

فلاں نے آج عربی کا درس لیا یا نہیں، فلاں نے قاعدے کا پہلا سبق یاد کیا یا نہیں ——

پھر بابا کی مذاق کرنے کی بھی عادت تھی۔ چھوٹے بڑے سبھی ان کی زد میں رہتے تھے۔ سبھی لوگ بابا کی بزرگی اور بڑے پن کی وجہ سے اُن کا ادب کرتے تھے۔ بچوں کا تو سوال ہی تو کیا، بڑوں میں سے بھی بابا نے جو بات جس سے کہہ دی اس کا مان لینا گویا فرض ہو گیا۔ — —

ایک دن پہلے اتو نے مدرسے میں عربی کا درس نہیں لیا تھا۔ یہ بات بابا کو معلوم تھی آج صبح ہی صبح اُسے جو اس طرح جلدی جلدی بھاگتا دیکھا تو بابا کی شرارت کی رگ پھڑکی بیٹھے بیٹھے بولا ——

"کیوں رے! کل مدرسے سے غیر حاضر رہا اور آج ماں کی چوری سے یہ نیفے میں کیا اڑس کر بھاگا جا رہا ہے؟"

بچہ پھر بچہ ٹھہرا۔ اس کا ہاتھ ایک دم نیفے پر گیا اور ہکلا کر بولا۔

"م —— م —— میں —— نے کچھ بھی....."

لیکن اس کی بوکھلاہٹ سے بابا کو شک ہوا کہ کوئی نہ کوئی بات ضرور ہے۔ مسواک منڈیر پر رکھ کر بابا اتو کی طرف لپکا تو اتو سرپٹ دوڑا۔

بچپن اور بڑھاپے کی دوڑ میں بڑھاپا ہی جیتا۔ کیونکہ بڑھاپا راستی پر تھا اور بچپن جس کا نام اتو تھا۔ بچپنے کی بھول میں راستے سے ہٹ کر پگڈنڈی پر اُتر رہا تھا کہ اس کے پاؤں میں کانٹا چبھ گیا اور پھر —— اس کی گردن بابا کے مضبوط ہاتھ میں تھی۔

بابا نے اس کا نیفا ٹٹولا تو پرچہ کھڑکھڑانے کی آواز آئی اور دوسرے ہی لمحہ

نیفے سے خط اور جیب سے موتی چور کا ایک لڈّو پٹ سے زمین پر آ گرا جو غالباً رشوت کے طور پر اسے ملا ہو گا۔ ننھّے نامہ بر نے بغیر کسی پوچھ تاچھ کے حلفیہ بیان دے دیا۔

"عائشہ باجی میرے ہاتھ لال بھائی کو ہمیشہ خط بھجواتی ہیں بابا ——! پر میرا اس میں کیا قصور ہے۔ میں تو سبھی کا کام کرتا ہوں۔ اُن کا بھی کر دیتا ہوں مگر وہ کہتی ہیں میری بات کسی سے نہ کہنا۔ اس لئے میں —— ڈرتا ہوں۔ ورنہ ....."

بابا کے کان اس کی آواز پر کب تھے وہ تو اس وقت اپنے آپ کو پاگل پاگل سا محسوس کر رہا تھا۔

لال خاں —— وہ خونی —— وہ حرامزادہ، وہ ٹھہانوں کی کمینی اولاد ——! اور اس کے نام ایک سیّد زادی کا یہ خط ——؟!

اور آج کی رات! یہ شادی کی نام نہاد رات —— یہ عزّت لُوٹ کر چل دینے کی کمینے پن کی انتہا کی رات —— لیکن جب اپنا پیسہ کھوٹا ہے تو پرکھنے والے کا کیا دوش —— اِس کُتیا نے یہ تو سوچا ہو تا کہ اس طرح عزّت گنوا کر بھاگ کر جائے گی تو اپنی زندگی تو تباہ کرے گی ہی، باپ کے مُنہ پر زمانہ تھوکے گا لیکن یہ حرامزادہ ......

ایک خیال دوسرے خیال سے ٹکرا جاتا اور پہلا خیال وہیں دم توڑ جاتا۔ ایک سوچ دوسری سوچ سے ٹکرا کر اس کے دماغ کے پرخچے اُڑا رہی تھی ——

"اچھا ٹھیا رانی ٹھیک ہے، آج تمھیں ضرور اس قید سے چھٹکارا مل جائے گا جس کا ذکر تم نے اپنے خط میں کیا ہے ——!! اس نے سوچا ——

دن بھر بابا ــــ اپنے دروازے کے سامنے بیٹھا بندوق چمکاتا رہا تاکہ کوئی نامہ بر دروازے سے داخل نہ ہونے پائے۔

عائشہ نے دو ایک بار آکر کھانے کو پوچھا بھی، پھر اُس کا اُلجھا ہوا انداز دیکھ کر پلٹ پلٹ گئی۔ شام کو وہ بیٹھک تک آئی اور بولی۔

"بابا ــــ! دن بھر نہ کھایا نہ پیا، یہ بندوق کی صفائی کیوں ہو رہی ہے؟"

"آج بہت دنوں بعد شکار کھیلنے کو جی چاہتا ہے، بیٹی۔" صبح سے پہلی بار بابا ذرا بشاشت سے بولا۔

لیکن اس بشاشت کے پیچھے جو گہرا طنز چھپا ہوا تھا۔ اُسے عائشہ نہ سمجھ سکی۔ ایک دم وہ بچّوں کی طرح باپ کے گلے میں جھول سی گئی۔

"بابا اگر آپ ہرن ماریں گے تو اس کی کھال سے میں جھولنا بنواؤں گی۔ اس میں بالکل سردی نہیں لگتی۔"

بابا کا دل ایک لمحے کو کانپ سا گیا۔ کیا گہرے پیار کو اسی دن کے لئے پروان چڑھایا کرتے ہیں کہ اپنے ہی ہاتھوں بندوق سے بھون دیں، لیکن دوسرے ہی لمحہ وہ ٹھٹھک گیا۔

"بیٹی اب سردیوں میں تجھے کسی جھولنے کبھی شال کی ضرورت ہی نہیں پڑیگی۔"

"کیوں بابا؟"

حیرت سے اس کی آنکھیں پھیل کر اور بھی خوبصورت ہو گئیں اور وہ بابا سے الگ ہو کر ٹھٹھک سی گئی۔

وہ سنبھلا ــــ "میں اسی مکان کو ایسا آرام دہ بنا دوں گا کہ سردی گرمی اثر ہی نہ کرے۔"

وہ خوش ہوگئی، پھر پیار سے بولی ۔

" بابا میری ایک بات آپ مانیں گے ۔"

" ہاں ہاں بول"

وہ بناوٹی خوش دلی سے بولا ۔

" بابا آپ کے پاس جو بچھوے اور چھاگلیں رکھی ہیں وہ آج مجھے پہننے کو دے دیجئے نا۔"

" ضرور ضرور ـــــ" بابا جھوم کر بولا ۔" اسی دن کے لئے تو تیری ماں کے زیورات اُٹھا کر رکھے تھے کہ تو پہننے کے قابل ہو جائے ۔ لیکن جائے گی کہاں پہن کر؟"

وہ نہیں چاہتا تھا کہ بیٹی کو ہلکا سا بھی شبہ ہو جائے کہ باپ اس کے راز سے آگاہ ہے۔

" بابا آج میں اور میری ساری سہیلیاں مل کر ڈنڈار[1] کرنے والی ہیں۔"

بابا نے کچھ کہے بغیر چابی اس کے حوالے کر دی۔ عائشہ رقص کرنے کے سے انداز میں چلی گئی ۔

شام بڑے سُرخ سُوجی آنکھوں سے عائشہ باپ کے پاس آئی اور گلے لگ کر بولی ۔

" بابا ! واپسی میں مجھے دیر ہو جائے تو پریشان نہ ہوئیے گا کیونکہ ڈنڈار سکینہ کے گھر ہے اور اس کا گھر بہت دور ہے ۔

اس کی آواز جس میں رہ رہ کر گھنگھرو چھنکا کرتے تھے آنسوؤں میں ڈوبی ہوئی تھی۔ بابا اب بھی کچھ نہ بولا ـــــ جانتا تھا گھر چھوڑ کر جانے کا سارا دُکھ

---

[1] رت جگا، جس میں رات بھر پیا ملن کے دیہاتی گانے گائے جاتے ہیں ۔

آنکھوں کی راہ سمٹ آیا ہے ، ایسے میں وہ ذرا بھی چھیڑتا تو ندیاں بہہ جاتیں، وہ مصلحتاً خاموش رہا ــــــ

عائشہ کے جانے کے کچھ ہی دیر بعد وہ اٹھا ، بندوق سنبھالی اور گاؤں کے آخری کنارے پر واقع اپنی امرائی کی طرف چلا ، جس کے نیچے اس نے تھوڑی سی سبزی اور پھول اُگا کر اسے کیاری سا بنا دیا تھا ــــــ

چھم چھم کرتی عاشی تیزی سے آگے بڑھی اور لال خاں کے قدموں میں ڈھیر ہو گئی ــــــ

"میں آ گئی میرے چاند !"

بابا دم سادھے، سانس روکے ، دور آم کے گھنے پیڑ کے موٹے تنے کے پیچھے سے دیکھا اور سُنا کیا ۔

لال خاں نے اسے جُھک کر دونوں ہاتھوں میں بھر کر اوپر اٹھایا ــــ 'کالا دیو ــــ اس کا نام لال خاں کس نے رکھا ہو گا ۔ــــــ '

بابا نے جل کر سوچا ، لیکن چڑھتے چاند کی روشنی میں جب بابا نے اس کا چہرہ دیکھا تو ٹھٹھک کر رہ گیا ــــــ چہرے پر وہ نمک برس رہا تھا کہ دیکھنے سے منہ میں پانی آجائے ، بڑے بڑے ہاتھ پاؤں، مضبوط اعضا ــــــ اس نے کھلونے کی طرح عاشی کو اٹھایا اور کھڑا کر دیا ۔

"تم میرے قدموں میں بچھنے کے لئے نہیں، دل میں آنکھوں میں بسنے کے لئے ہو گڑیا ــــــ !"

عائشہ کچھ نہ بولی ، ایک ہی سسکی نے اس کا سارا جسم ہلا دیا ــــــ

تھوڑی دیر بعد کہنے لگی ــــــ

"کاش بابا خود مجھے اپنے ہاتھوں وداع کرتے۔"

"یہ ناممکن تھا عائشہ ——"

لال خاں سنجیدگی سے بولا۔

"تم اپنے باپ کو جانتی ہو، وہ پُرانی روایتوں میں جکڑے ہوئے ہیں۔ وہ زمانے کی سوچتے ہیں دلوں کی نہیں —— تمھیں معلوم ہے عاشی۔ میں نے تمھیں حاصل کرنے کے لئے کیا کیا نہیں کیا۔ شہر جاکر اعلیٰ تعلیم حاصل کی، عزت کی نوکری حاصل کی، شریفانہ طور پر پیغام بھجوایا —— لیکن بابا جب بھی ملے مجھے انھوں نے حقیر ہی سمجھا —— !

جانے کس نے میرے خاندان میں کبھی خون کیا ہوگا، اس کے حوالے سے سدا مجھے خونی ہی کہہ کر پکارا، میں یہ سب کچھ سہہ سکتا تھا۔ لیکن تمھاری رفاقت، تمھاری جدائی نہیں سہہ سکتا تھا۔ اور اسی لئے میری عاشی میں نے تمھیں گھر چھوڑنے پر اکسایا —— گھر سے بھاگنے پر نہیں —— !

اس لئے کہ تم ایک شریف اور سید باپ کی بیٹی ہو، میں اپنے ساتھ قاضی کو بھی لایا ہوں، پہلے وہ نکاح کی رسم اس چنبیلی کے منڈوے تلے ادا کریں گے۔ پھر تم بابل کی گلیوں سے سچ مچ دلہن بن کر وداع ہوگی ——

اُس وقت تک میں تمھارا ہاتھ اپنے ہاتھ میں نہیں لوں گا —— میری رگوں میں بھی شریف باپ کا خون ہے میری گڑیا —— ؟"

عائشہ میکے سے جانے والی دلہنوں کی طرح پھوٹ پھوٹ کر رونے لگی۔ اُس کا دل شک اور یقین کے مابین اب تک ڈگمگا رہا تھا ——

سنبھل کر بولی۔

"میرا دل گھبرا رہا ہے، جلدی سے یہاں سے نکل چلو۔"
بڑے پیار سے وہ بولا۔
"تم سمجھتی نہیں ہو جان! اگر ہم یونہی نکل گئے تو دوسرے گاؤں والے ہمیں بھگوڑا کہیں گے ـــــ" میں کیسے سمجھاؤں کہ میں تمھیں ذلّت اور بے عزّتی سے زندہ نہیں رکھنا چاہتا ـــــ" میں تو چاہتا ہوں کہ میری رانی جب بھی چلے غرور اور فخر سے سر اونچا کر کے چلے۔"
پھر لال خاں نے روایتی فلموں کے ہیرو کی طرح تین بار تالی ٹھونکی۔
اور عقب سے ایک بڑے میاں نکل کر آئے۔
قرآن شریف درمیان میں رکھ کر انھوں نے ذرا گھبرائے ہوئے انداز میں لال خاں کے قوی ہیکل جسم کی طرف دیکھا پھر ڈری ہوئی آواز سے بولے۔
"لیکن میاں گواہ کہاں سے آئیں گے۔ آپ کو معلوم ہے اسلامی شریعت کے مطابق دو گواہوں کا بوقت عقد موجود ہونا ضروری ہے ـــــ؟"
"قاضی صاحب! ایسے پاکیزہ دلوں کو سوائے خدا کے بھلا اور کس گواہ کی ضرورت پڑ سکتی ہے ـــــ۔"
بابا نے ایک ساتھ خوشیوں اور دکھوں سے بوجھل دل سے کہنا چاہا ـــــ! لیکن آنسوؤں نے اس کی گویائی چھین لی تھی۔

تختِ طاؤس

اماں نے خط لکھوانا شروع کیا ——

"لکھو بیٹی ——"

"پتہ نہیں ان بوڑھی آنکھوں کو کب تیرا سہرا اور چاند ایسی دلہن دیکھنا نصیب ہو۔ یہاں تو ہر دن موت سے قریب تر ہو رہی ہوں تو ایک بار چند روز کے لئے ہی سہی آجا......"

اماں بولتی رہیں —— ان کے گلے میں رہ رہ کر پھندے سے پڑتے رہے —— آنسو پی پی کر، بہا بہا کر جب وہ خط مکمل کروا چکیں تو آس بھرے لہجے میں بولیں۔

"بیٹی اس کا جواب کب تک آجائیگا؟"

"جواب —— ؟" میں نے حلق میں پھڑپھڑاتے دل کو بڑی مشکل سے قابو میں کر کے کہا —— "یہی کوئی بارہ پندرہ دن میں اماں ——"

"اماں"..... میں نے چیخ چیخ کر کہنا چاہا —— "یہ سارا کھیل اب مجھ سے نہیں کھیلا جاتا —— تم جو ہر پندرہ دن کو ایک خط پاتی ہو وہ میری طرف سے ہوتا ہے اور جو جواب تم لکھواتی ہو وہ تمھارے بیٹے تک نہیں پہنچ سکتا، کیونکہ اماں آج تک کوئی ہرکارہ ایسا پیدا نہیں ہوا جو مرنے والوں تک خطوں کو پہنچا سکے ——

میرا صبورت لو تو اماں ـــــ تمھارا بیٹا، تمھارا شہزادہ ـــــ وہ تمھاری زندگی کا اکلوتا اور آخری سہارا جنگ میں کام آچکا ہے۔ تم اسے خط لکھواتی رہو گی، اس کی دلہن کے نئے جوڑے سی سی کر رکھتی رہو گی، لیکن وہ اس جگہ جا چکا ہے اماں، جہاں تمھارے آنسو اور آہیں بھی نہیں پہنچ سکتیں ـــــ"

لیکن میں نے اماں کے کمزور، ناتواں، اور دکھوں سے بوجھل جھکے ہوئے وجود کو دیکھا اور اپنے پہلو میں ٹوٹتے دل کو مسوس کر زدرا بشاشت سے کہا۔

اماں ـــــ خطوں میں دیر سویر تو ہو ہی جاتی ہے۔ تم اتنی بے کل کیوں ہو جاتی ہو ـــــ" اس کا دنیا میں سوائے تمھارے کوئی ہے؟ پھر وہ تمھیں یاد نہ کرے گا تو اور کسے کرے گا؟"

"ارے نہیں بٹیا ـــــ وہ جھنجھلائے ہوئے، مگر پیار سے لبریز لہجے میں بولیں ـــــ" ان آجکل کے چھوکروں کا کوئی ٹھیک نہیں ہے، چار یار دوستوں میں مل بیٹھے اور یہ بھی بھول بیٹھے کہ کوئی ماں بھی ہے۔"

"ارے نہیں اماں تم غلط سوچتی ہو یوسف ایسا نہیں ہو سکتا ـــــ"

"اب بٹیا تو اُس کی طرف سے نہیں بولے گی تو کون بولے گا ویسے تو ہمیشہ تو خود اس سے جھگڑتی رہی لیکن جہاں میں نے کچھ کہا تجھے ادبدا کر اس پر پیار آیا۔ ہاں بٹیا یہ بھی یاد سے لکھ دینا کہ منہ دکھائی میں تو اپنی دلہن کو انگوٹھی پہنائے گا یا کلائی پر گھڑی باندھے گا ـــــ مجھے تو ایک ایک چیز جوڑنی ہے، وقت پر ایک دم سے سوجھتا بھی تو نہیں۔ یاد سے پوچھوا لینا بیٹی ـــــ"

"ہاں اماں ـــــ" میں نے سر جھکا لیا ـــــ" اور کچھ کہنا ہے اماں"؟ میں نے ٹوٹتے دل سے پوچھا ـــــ

"نا بٹیا ــــــ اب کیا لکھنا ہے۔ اور جو پوچھے تو اتنا لکھوانا ہے کہ آسمان جتنا بڑا کاغذ بھی کافی نہ ہو۔ یہ ماں کا دل ہے نا بٹیا ــــ؟ اس کے پیار اور ممتا کا کوئی اور چھور نہیں ہے۔"

میں اُٹھنے لگی تو اچانک جیسے انھیں پھر کچھ یاد آگیا ــــ "بٹیا یہ بھی پوچھ لینا کہ آجکل تو نیا زمانہ ہے۔ نئے نئے فیشن نکلے ہیں۔ ہمارے زمانے میں تو سہاگ کا سُرخ جوڑا چڑھتا تھا، اب تو گلابی۔ نارنجی اور سفید تک چڑھنے لگے ہیں، اپنی پسند کا رنگ بھی بتلا دے ــــ"

وہ ان دیکھی دلہن ــــ وہ پھولوں بھری سہاگن جو وقت سے پہلے ہی بیوہ ہو گئی، اماں اُسے کون سا رنگ سجے گا؟ نہ دولہا ہے نہ دولہن ــــ اماں یہ بوجھ اٹھاتے اٹھاتے اس راز کو پالتے پالتے تجھے دق ہو جائے گی۔ مگر میں نے خود کو سنبھال کر کہا ــــ

"اطمینان رکھو اماں میں سب کچھ لکھ دوں گی۔" اور اپنے کمرے میں آکر سسک پڑی ــــ

اماں بیچاری کے نصیب بھی کیا نصیب تھے۔ بچپن سے غریبی ہی میں گذر بسر ہوئی۔ جوانی آنے پر ماں باپ نے اپنی ہی حیثیت دیکھ کر شادی کر دی۔ شادی کے ایک سال بعد ایک معمولی سی بیماری میں میاں اللہ کو پیارے ہو گئے۔ یوسف باپ کی موت کے دو ماہ بعد دنیا میں آیا۔ جوان بیوہ کا اکلوتا سہارا ــــ غریبی کے ہاتھوں نوکری ڈھونڈتی ڈھونڈتی جب وہ ہمارے در پر پہنچی ہیں، اس وقت ہمارے یہاں صفِ ماتم بچھی ہوئی تھی۔ کئی ننھی ننھی جانوں کو چھوڑ کر میری امّی موت کو اپنا چکی تھیں۔ بڑے بچے تو

کیسے بھی پل ہی جاتے ہیں۔ مگر ایسا بچہ جس نے ماں کے سینے کے گرم اور نرم زندگی بخش لمس کو محسوس تک نہ کیا ہو ــــ جس نے ابھی دنیا کو آنکھ کھول کر دیکھا تک نہ ہو۔ ایک دم بھری پُری دنیا میں تنہا رہ جائے ــــ یہ کوئی اس دل سے پوچھے جس کے سر اتنے سارے بچوں کی ذمہ داری آ پڑی ہو۔

زینت بی بی کو فوراً ہی ملازمت پر رکھ لیا گیا۔ کیونکہ اُن کی اپنی گود میں خود ایک چھوٹا سا دودھ پیتا بچہ موجود تھا۔ چھوٹے بچے بھلے سے دوسروں کے ہوں اُن کو ایک ایسی ہی عورت پال سکتی ہے جس کے اپنے دل کو مامتا کی کلپ لگی ہوئی ہو۔ مگر زینت بی نے تو کچھ زیادہ ہی کر دکھایا۔ اپنے نسبتاً بڑے بیٹے کو انھوں نے اوپر کے دودھ پر لگا دیا۔ اور اپنے نئے مالکوں کی بچی کو یعنی مجھے اپنے سینے سے لگا لیا۔ راتوں کی نیندیں اور دن کا چین حرام کر کے اپنے جسم کا خون پلا پلا کر انھوں نے گھر والوں سے ایک التجا کی۔

"غلطیاں انسان سے ہوتی ہیں۔ میں بھی انسان ہوں۔ خطاؤں کی پوٹ! مگر میرے کسی قصور پر بھی مجھے اس گھر سے نہ نکالا جائے۔ اس بچی سے جُدا نہ کیا جائے اس کے بغیر میں جی نہ سکوں گی۔ میں نے اس کے لئے نو مہینے کا وہ کرب نہیں جھیلا جسے جھیل کر ایک ماں جنّت کی خالق بنتی ہے۔ مگر میں نے اُسے اپنی جوانی نذر کی ہے جو ایک عورت کا خوبصورت ترین سرمایہ ہوتی ہے۔"

اور یہ حقیقت تھی کہ میری خاطر راتوں کو جاگ جاگ کر وقت بے وقت کی روں روں پر اپنا چین لٹا کر انھوں نے اپنے خوبصورت سیاہ بالوں کو ثمناک اُجالے عطا کئے رکھتے اور وہ جو سارے گھر کی محض زینت بی تھی۔ ان دو ننھے منھے ہونٹوں کی جنھوں نے پہلی بار بولنا سیکھا تو "اماں" ہی سیکھا۔ شروع سے اخیر تک اماں بی اماں ہی تھیں

اور وہی ایک ہستی اماں جیسے خوبصورت خطاب کی مستحق ہو سکتی ہے جو کسی معصوم کی تکلیف پر اپنی آنکھیں نم کر سکے ۔ اور یہاں تو اماں نے جیسے ساری زندگی بھر کے لئے میری خاطر آنسوؤں کا ٹھیکہ لے لیا تھا ۔

میں جب ذرا بڑی ہوئی اور ایسی چاہنے والی ماں کا اصل روپ دیکھا اور جانا تو میرا دل درد اور کرب سے بھر گیا۔ ان کی وہ چھوٹی اور اندھیاری کوٹھری ۔ جھلنگی چارپائی سن لائٹ صابن سے دُھلی چادر ـــــ غریبانہ مگر صاف ستھرا بستر۔ میں نے پہلی بار جب امیری اور غریبی کے فرق کو سمجھا تھا تو پہلی بار اپنے حسابوں ان سے بڑا بھاری وعدہ کیا تھا۔

" اماں جب میں بڑی ہو جاؤں گی نا تو تمھیں چاندی کے تخت پر بٹھاؤں گی خوب نرم نرم ریشمی روئی بھرا گدا ۔ اس پر ریشمی چادر۔ سارے دنیا آئے گی اور دیکھے گی اور حیرت سے پوچھے گی کہ یہ چاندی کے اس شاندار تخت پر کون بیٹھا ہے" اور میں بڑے فخر سے سب کو بتاؤں گی ـــــ " یہ میری اماں ہیں ـــــ "

اماں بڑے پیار سے ہنس پڑی تھیں اور مسکرا کر بولی تھیں " اور یہ یوسف میرے لئے کچھ نہ کرے گا ـــــ ؟"

کرے گا کیسے نہیں وہ بڑا ہو کر تمھارے لئے ایک چاند جیسی بہو لائے گا۔ پھر اپنے گھر میں خوب سارے ننھے ننھے بچے ہوں گے ۔ اور مارے شور کے تم ان کے پیچھے بوکھلا بوکھلا کر بھاگو گی "

یہ خواب ایک ساتھ میں نے اور اماں نے دیکھا تھا۔ مگر خواب کی تعبیر یہ تھی کہ اماں کا جوان بیٹا جنگ میں مارا جا چکا تھا۔ اور وہ آس بھری نامراد ماں ہر پندرہ دن میں اپنے جگر گوشے کو ایک خط لکھواتی تھی کہ میرے اعضاء تھک گئے

ہیں، سر پہ سورج سایہ فگن ہے۔ دکھوں اور غموں نے وقت سے پہلے ہی الوداع کہہ دیا ہے۔ ایسے میں آنکھوں کی ایک ہی تمنا ہے کہ اب تجھے دولہا بنا دیکھیں۔"

امّاں مجھے یوسف سے کسی طرح بھی کم نہ چاہتیں ورنہ یوسف کی جُدائی تو انھیں مار ہی ڈالتی۔ انھیں خود بھی اس بات کا احساس تھا کہ وہ مجھے بے پناہ چاہتی ہیں اور میں تو خدا کے بعد انھیں کے سہارے زندہ رہی تھی۔ ایسے میں یہ میرے لئے کیسے کرب کی بات تھی کہ پچھلے کئی سال سے اس راز کو پالے جا رہی تھی۔ لگتا تھا دل میں پھوڑا ہو جائے گا۔ اور یہ بوجھ کسی دن یوں بڑھے گا کہ میرا دل پھٹ جائے گا۔ میں اس دن کے بارے میں سوچتی کہ جب ایک غمناک سے دن ایک خط آیا تھا۔ جس نے ہمیں یہ اطلاع دی تھی کہ یوسف میدانِ جنگ میں کام آگیا۔ اگر میں ضبط اور حوصلے سے کام لے کر اُسی دن امّاں کو بتا دیتی کہ امّاں تم نے جو ایک پودا لگایا تھا وہ بھری جوانی اور بھری بہار میں منہ موڑ گیا ہے۔ اور اب زندگی بھر کے لئے تمھاری آنکھوں میں آنسو ہیں، تو شاید وہ مسلسل دُکھ سہتے سہتے پتھر بن چکی تھیں، یہ دکھ بھی سہہ جاتیں۔ لیکن میں خود ہی یہ قدم نہ اٹھا سکی۔ اور میں نے ایک بڑے جوکھم کا فیصلہ کر لیا۔

"میں زندگی بھر ـــــ امّاں کی زندگی بھر اس راز کو پالتی رہوں گی کہ یوسف مر چکا ہے۔"

یوسف ہر ماہ اپنی تنخواہ میں سے امّاں کو ۲۵ روپے بھی بھجواتا تھا ـــــ یہ مرحلہ میرے لئے سب سے کٹھن تھا۔ میں پچیس روپے ماہانہ آخر کہاں سے لاؤں گی۔ بہرحال یہ منزل بھی طے کرنی ہی تھی۔ میں امّاں کی طرف سے خط لکھتی۔ ان بیچاری کو تو لکھنا پڑھنا آتا ہی نہ تھا، وہ مجھ سے کہتیں۔ میں لکھتی جاتی۔ پھر یوسف کی طرف سے میں خود ہی

جواب لکھ کر پوسٹ کر دیتی۔ یوسف کی زندگی میں مخصوص فوجی نمبروں والے خط آتے تھے، ممکن ہے اماں تاڑ جائیں کہ اب خط ویسے نہیں ہوتے، تو اب میں خط کاپی میں رکھ کر انھیں سنایا کرتی۔ ہر مہینے بڑے جتن سے منی آرڈر کرتی اور اماں انگوٹھا لگا کر وہ روپے وصول کرتیں اور خوش ہو ہو کر خرچ کرتیں۔

"اے بیٹی ـــ اب کی بار چاندی کی پازیب خرید لیں گے۔ دولہن سارے میں چھم چھم کرتی گھومے گی تو گھر میں بڑی رونق لگے گی ـــ"

"بٹیا اب کے سال ناک کی نتھ بنوالیں گے۔ نتھ نہ ہو تو دلہن کے نور نہیں کھلتا۔ رُوپ نہیں اُترتا" ـــ "بیٹی اس ماہ کنگن خرید لیں ـــ؟ کنگن نہ کھنکے تو....

میں سوچتی۔ میری شادی ہو جائے گی تو کون اس راز کو پالے گا ـــ؟

شادی تو بہر حال ہونے ہی والی تھی۔ پھر سوچتی اماں کو اپنے ساتھ ہی اپنی سسرال لیکر کیوں نہ چلی جاؤں ـــ؟ لیکن ہم کچھ اور سوچتے ہیں وقت کچھ اور کرتا ہے۔ میری شادی کی بات ابھی کچی ہوئی ہی تھی کہ اماں کو نمونیہ ہو گیا اور آخری بُلاوا آگیا ـــ شاید مرنے والوں کو احساس ہو جاتا ہے کہ یہ ہماری آخری گھڑی ہے ـــ اس دن جب اماں کی سانسیں اکھڑی اکھڑی چل رہی تھیں۔ انھوں نے مجھے اپنے پاس بلایا اور رُک رُک کر بڑی مشکل سے بولیں ـــ

"بٹیا تو جنتی ہے۔ تجھ ایسی بیٹیاں صدیوں میں پیدا ہوتی ہیں ـــ تو نے میرے لئے وہ کیا جو پیٹ کی بیٹی بھی نہ کرتی ـــ"

"اماں میں تمھارے پیٹ ہی کی بیٹی ہوں۔ تم نے مجھے زندگی دی تھی اماں، اپنا خون پلایا تھا۔ اور اولاد کسے کہتے ہیں اماں ـــ؟"

"نہیں بٹیا ـــ پیٹ کی اولاد بھی اتنا نہیں کر سکتی جو تو نے کیا ـــ بٹیا ـــ

وہ کراہ کراہ کر بڑے آنسو بھرے لہجے میں بہت رُک رُک کر بول رہی تھیں۔

"بٹیا جس دن یوسف کی موت کا خط آیا، میں ساتھ والے کمرے میں صفائی کر رہی تھی اور تو سمجھی میں باورچی خانے میں ہوں ـــــ بڑے ماموں کو تو نے خط سُنایا اور کہا ـــــ "ماموں میاں۔ اماں کو یہ بات معلوم نہیں ہونی چاہیئے ورنہ وہ لوورد کر جان سے چلی جائیں گی۔۔۔۔"

اماں ـــــ میں چیخی ـــــ مگر انھوں نے ہاتھ کے اشارے سے مجھے روک دیا۔"

میں نے سوچا۔ جب میری بیٹی میری جان مجھے دکھی نہیں دیکھنا چاہتی تو مجھے بھی اس راز کو پالنا ہی ہوگا ـــــ اور میں نے بھی اپنی وہی پرانی روش قائم رکھی ـــــ مرنے والا تو جان سے گیا، مگر تیرے لئے میرا دل کیسے کیسے ٹوٹتا تھا میری بیٹی۔ لیکن اگر میں کہہ دیتی کہ مجھے سب معلوم ہے، مجھے پتہ ہے کہ یوسف مر گیا، تو تو مجھے غمگین نہ دیکھ پاتی اور میں تیرے آنسو نہ دیکھ پاتی۔۔۔

میں پتھر کی مورت بنی سُن رہی تھی اور وہ رُک رُک کر کہے جا رہی تھیں ـــــ

"میں نے وہ سب زیور دراصل تیرے لئے خرید رکھے ہیں بیٹی ـــــ پیسہ تو اُٹھا جاتا ہے بیٹی ـــــ اس سے زیادہ تیز رفتار شے میں نے آج تک نہیں دیکھی۔ دبے قدموں آنے والا۔ تیزی سے جانے والا ـــــ اسی کے کارن میرا بیٹا مجھ سے چھٹا ـــــ"

سوچتی تھی میری بٹیا جو اپنا پیٹ کاٹ کاٹ کر یہ روپیہ مجھے بھجوا رہی ہے اُسے فضول نہ گنواؤں۔ اب میرا آخری وقت ہے بیٹی۔ تیرے سامنے تیری زندگی ہے، خدا کیسے میری دُعا پوری نہ کرے گا ـــــ وہ تجھے ہر خوشی سے نوازے گا بیٹی ـــــ تیری ایک آرزو تھی بیٹی کہ مجھے چاندی کے تخت پر بٹھائے، تو نے تو مجھے اُس تخت طاؤس پر بٹھایا ہے بیٹی، ـــــ جسے دل کہتے ہیں۔

میں اُس دل کی عظمت کے آگے اپنا سر جھکاتی ہوں بٹیا..... اور اُٹھنے کی کوشش میں اماں جو آگے کو ہونے لگیں تو لڑکھڑا کر پیچھے کو آ پڑیں — پھر وہ کبھی نہ اٹھ سکیں۔

میں رونا چاہتی ہوں تو مجھے اماں کی وہ بات یاد آتی ہے کہ — میں تیری آنکھوں میں آنسو نہیں دیکھ سکتی تھی اسی لئے اس راز کو پائے رہی —" میں آنسو ضبط کرنا چاہتی ہوں، کر بھی لیتی ہوں — لیکن روتے ہوئے دل کو کیسے منع کروں۔ کیسے سمجھاؤں — ؟

زخمِ دل اور مہک

تم نے کبھی میری آنکھیں غور سے دیکھی ہیں ؟

ان آنکھوں میں تمہیں کوئی خاص بات نظر نہیں آئی ــــــ ؟ کیا تم نے یہ محسوس نہیں کیا کہ یہ آنکھیں نہیں، ساون کے گھنگھور گھنگھور بادل ہیں ــــــ امڈتی گھمڑتی بدلیاں ہیں جو اب برسیں کہ تب برسیں ــــــ ! کیا تمہارا جی نہیں چاہا کہ ان آنکھوں کو ہنسنا سکھا دو ــــــ ؟؟ میں تم سے پوچھ رہی ہوں شہاب ۔ ہاں تم سے ۔ تم جو میری تاریک زندگی کے آسمان پر ایک روشن چاند کی طرح جگمگائے ۔ جس کے وجود سے میری زندگی قوسِ قزح کی طرح رنگین ہو گئی ــــــ لیکن اس حقیقت کو کیسے بھولوں کہ روشن چاند بھی کبھی نہ کبھی اپنی جگمگاہٹ کھو کر تاریکیوں میں روپوش ہو جاتا ہے ــــــ بہاروں سے بھری قوسِ قزح بھی تو اپنی چھب دکھا کر آسمان کی وسعتوں میں گم ہو جاتی ہے ــــــ پھر میری آس کتنی فضول تھی ۔ اور میں خود کتنی بے بس اور نادان تھی جو روشنیوں کو اپنا مقدر سمجھ بیٹھی ــــــ میں اپنی حقیقت بھول گئی تھی کہ میری آنکھیں ساون کا ایک روپ ہیں اور جو آنکھیں رونے کے لئے بنی ہیں وہ بھلا ہنسنا کیا جانیں ــــــ یہ نین تو وہ نین ہیں شہاب کہ برسنے پر آئیں تو سوکھے جنگل کو ہرا کر دیں ۔ لیکن کیسی بے بسی ہے کہ میں اپنی زندگی کے سوکھے باغ کو اس پانی سے نہیں سینچ سکتی ــــــ کہیں کھارے پانی سے

بھی باغ سینچے گئے ہیں ؟؟ یہ نمک تو ہری بھری ڈالیوں تک کو جُھلسا دیتا ہے۔ پھر میں کن بہاروں کی بات کرتی ہوں ——— ؟؟

آج یہ کیسی دل کو کاٹ دینے والی ہوائیں چل رہی ہیں۔ آسمان اُودی نیلی بدلیوں سے ڈھک گیا ہے۔ ساون کی آمد آمد ہے۔ آج تو خوب رم جھم رم جھم ہوگی مجھے اچھی طرح یاد ہے میری ساری سہیلیاں، میری آنکھوں کو ساون کی بدلیاں کہتی تھیں۔ اور مجھے یہ بھی یاد ہے کہ میرا دُکھی دل سدا ذرا ذرا سی بات پر رونے کو تیار ہو جاتا تھا۔ ذرا سی چھیڑ پر میری آنکھیں جھرنے بہانے لگتی تھیں اور چھیڑ چھیڑ میں سہیلیاں میری آنکھوں کی طرف اشارے کرکے کہتیں۔

"ساون آیا رم جھم رم جھم ———"

کسے معلوم تھا سہیلیوں کی چھیڑ چھاڑ ایک دن حقیقت کا روپ دھار لے گی اور میری آنکھیں سدا کے لئے ساون بھادوں بن کر رہ جائیں گی ——— !

لیکن تم چاہتے تو کیا ان آنکھوں کو ہنسنا نہیں سکھا سکتے تھے ——— ؟؟ شاید میرے یہ سارے گِلے بیکار ہیں۔ قسمت کے آگے ہم کتنے بے بس ہیں ——— کس درجہ مجبور ——— !

شہاب ——— !

بادلوں کا رنگ گہرا قرمزی ہوگیا ہے۔ کوئی دم میں بُوندا باندی شروع ہو جائے گی ——— جانے آج کتنا جل تھل ہونے والا ہے ——— لیکن ذرا میرے دل میں جھانک کر دیکھو۔ تمھیں کیا معلوم آج کس قیامت کی رم جھم مچی ہے ——— آج میرے دل کی دُکھن کا وہ عالم ہے کہ یہ آنکھیں ساون تو کیا سمندر کی طرح بہیں تو بھی دل چین نہ پا سکے گا۔

———— ❖ ————

میری داستانِ غم اُس دن سے شروع ہوتی ہے، جس دن تم نے میری طرف پیار سے بھری ایک نگاہ ڈالی تھی۔ پیار تو وہ انمول بیج ہوتا ہے جو سوکھے صحرا تک میں گلزار کھلا دیتا ہے۔ لیکن تمھاری نگاہ وہ نگاہ تھی جو ہری بھری کھیتی کو پالا مار گئی —— شاید مجھ ہی میں اس نگاہ کو سہہ جانے کی تاب نہ تھی یا پھر کون جانے کہ نصیب نے ہر ظلم میرے ہی ساتھ روا رکھا تھا۔

تمھیں یاد ہو گا، ہمارا خاندان مشترکہ فیملی سسٹم کے تحت ایک ہی بڑی سی کوٹھی میں رہا کرتا تھا —— اتنے سارے لوگ —— اتنے سارے جانے پہچانے چہرے۔ لیکن پتہ نہیں میری دُکھوں کی ماری روح ایسے ہرے بھرے اور دل پر چھا لینے والے ماحول میں بھی خود کو کیوں تنہا تنہا سی محسوس کرتی تھی۔ شاید اس کی وجہ یہ تھی کہ میں بچپن ہی سے اپنے ابّو کی بے پناہ شفقت سے محروم ہو چکی تھی۔ اور اس پر ستم یہ کہ خرابیٔ صحت کی وجہ سے میری تعلیم بھی ادھوری رہ گئی تھی جس کا میرے دل پر بہت گہرا داغ تھا —— صبح ہی صبح جب کوٹھی کی ساری لڑکیاں نیلی نیلی یونیفارم پہنے بسوں اور کاروں میں کانونٹ اور کالجوں کو جاتیں تو میرا دِل کٹ کٹ جاتا —— میں نے کتنی بار ممّی سے کہا کہ میں کم سے کم سینئر کیمبرج یا میٹرک ہی کر لوں لیکن میں خود آزما چکی تھی کہ جہاں میں نے کتاب اٹھائی، چند ہی صفحے پڑھنے کے بعد میری آنکھوں میں اندھیرا چھانے لگتا۔ نیچے دیکھتے دیکھتے سر جھننے لگتا اور سر میں درد ہونے لگتا —— تنگ آ کر میں نے اپنی توجہ خانہ داری کی طرف پھیر لی —— جاڑے آتے تو میں گھر بھر کے بچّوں کے لئے سوئٹر، موزے، ٹوپیاں بُنتی۔ برسات سے پہلے ڈھیروں فلالین، اونی کپڑے خریدے جاتے اور میں سبھوں کے لئے گرم کپڑے تیار کرتی —— گرمیوں کے دنوں میں میں موتیا کے پودوں

کی سینچائی کرتی ـــــ ساری کوٹھی میں گھوم گھوم کر ہر ایک کے کمرے کی خبر لیتی کہ خس کی ٹٹیاں لگی ہیں یا نہیں۔ کوری صراحیاں اور مٹکیاں، موتیا کے گجروں سے سنواری گئی ہیں یا نہیں ـــــ؟ یہ کام بظاہر چھوٹے چھوٹے تھے لیکن میرا دل بہلا رہتا۔ ـــــ گرمیاں شروع ہوتیں تو سب لڑکے علی گڑھ سے چھٹیاں گزارنے گھر آجاتے اور کوٹھی میں ایک ہلچل سی مچ جاتی۔ ہماری مشترکہ فیملی کے سرپرست خالو ابا تھے جنہیں تعلیم کی خاطر لڑکوں کو علی گڑھ اور لکھنؤ بھجوانے کا خبط تھا۔ لڑکوں کے آتے ہی میری مصروفیت کا دور شروع ہو جاتا۔ کوئی ہوسٹل کے کھانوں سے اُکتا چکا ہوتا تو نئے نئے پکوانوں کی فرمائش ہونے لگتی ـــــ کسی کی قمیصوں کے ٹوٹے ہوئے بٹن ٹانکنے پڑتے ـــــ پھر گرمیاں ختم ہونے کی تیاری مجھے ابھی سے کرنی پڑتی کہ برسات کے لئے کون کون سے گرم کپڑے ساتھ جائیں گے۔ کس کے ساتھ کون سارنگ میچ کرے گا ـــــ پھر ان مرحلوں سے گزر کر جو پڑھائی سے اُکتائے ہوئے دل ہوتے تو نت نئی تفریحوں میں لگ جاتے ـــــ تاریخی مقامات کی سیر، پکنک، وہ وہ اودھم مچتا کہ توبہ ـــــ ایسے موقعوں پر جو کھانے ساتھ لے جائے جاتے وہ میرے ہی ہاتھوں تیار ہوتے۔ ویسے بھی مشترکہ زندگی کی مصروفیات اور کام کچھ کم ہوتے ہیں ـــــ!؟ جب سب لوگ کوٹھی سونی کر کے آؤٹنگ کو چلے جاتے تو میں کالجوں سے آئے ہوئے علی گڑھ اور لکھنؤ والوں کی کتابیں ٹٹولنے لگتی ـــــ میری خوشیوں کے وہ لمحات کتنے عظیم ہوتے۔ لیٹے لیٹے میں کتنا سارا فکشن پڑھ ڈالتی ـــــ مطالعہ کتنا پیارا شغل ہے۔ جیسے نئی جنت کے دروازے ایک ایک کر کے مجھ پر کھلتے جاتے اور تعلیم نہ ہونے کا وہ غم جو میری روح کا ساتھی بن چکا تھا دھیرے دھیرے جیسے مٹتا جاتا۔

ایسے ہی دنوں میں سے ایک چمکیلے دن کی بات ہے۔ تم سب صبح سے کارڈ میں بھر کر باہر گئے ہوئے تھے۔ میں صبح سے اپنے کمرے میں ٹیٹی ہارڈی کا ایک غم انگیز ناول پڑھنے میں لگی ہوئی تھی۔ دل پر غم کی ایک تہہ سی جمی تھی کہ ایسے میں ماحول بھی بڑا ظالم ہو گیا —— کبھی کبھی گرمیوں میں بھی بارش کے آثار پیدا ہو جاتے ہیں اور اس لمحے چمکیلا اور نیلا آسمان کس طرح مٹیالی بدلیوں سے ڈھک جاتا ہے —— ؟ اور زمین پر بارش کا پہلا چھینٹا پڑتے ہی پیاسی زمین سے کیسی سوندھی سوندھی خوشبو کی ایک مہکار سی اُٹھنے لگتی ہے! —— اُس دن یہ سب کچھ بالکل ایک افسانوی ماحول میں ہوا اور اچانک ہی موٹی موٹی بوندیں برسنے لگیں۔ اور اُسی لمحہ ایک ایک کر کے تینوں کاریں کوٹھی میں داخل ہو گئیں۔ پورا ہجوم سیدھا ہی میرے کمرے میں گھس آیا اور سعیدہ باجی نے میرے ہاتھ سے کتاب پرے پھینکتے ہوئے کہا۔

"حد ہے تم بھی بڑی ان رومانٹک لڑکی ہو۔ ایسے موسم میں بھلا پڑھنے کی کوئی تک ہے۔ ایسا موسم تو گرم گرم کافی اور چائے کے ساتھ تفریح کا مطالبہ کرتا ہے!"

میں ایک دکھی مسکراہٹ کے ساتھ بولی —— "اصل میں ناول اتنا دلچسپ تھا' میں یوں کھو گئی کہ وقت کا پتہ ہی نہ چلا۔ ویسے بھی شام کی چائے کا وقت تو آ ہی گیا ہے' بس ایک صفحہ رہ گیا ہے اسے پڑھ ڈالوں ——"

شمیم نے ایک تیر چلایا۔ جو سنسناتا ہوا آیا اور سیدھا میرے دل میں ترازو ہو گیا۔

"ہاں! اب ایک صفحہ پڑھ لو گی تو جیسے گریجویٹ ہی تو ہو جاؤ گی ——"

میں نے تڑپ کر شمیم کی طرف دیکھا۔ لیکن ایسے موقعے پر زبان کب ساتھ دیتی ہے —— ؟ آنسو بھی تو اپنی ایک زبان رکھتے ہیں —— ! بس زندگی کا

وہی ایک لمحہ ایسا تھا جس نے مجھے زمین کی پستیوں سے اُٹھا کر آسمان کی بلندیوں پر بٹھا دیا۔
تم نے شمیم کو بُری طرح گھُورا ——— اور اُنہی نگاہوں سے، جن میں شمیم کے لئے زہر بھرا تھا، میری طرف دیکھا جو امرت اور محبت کے شہد سے لبریز تھیں!
سعیدہ باجی نے ہنس کر ماحول کی کثافت کو دھونا چاہا اور بولیں۔ "شہاب! تم نے کبھی گرمیوں میں ساون کے بادل جھُومتے دیکھے ہیں ——— ؟"
شہاب اُس وقت تم نے مجھے جس نگاہ سے دیکھا تھا وہ میری داستانِ حیات کا سب سے سنہرا باب ہے ——— جی چاہا اُسی ایک لمحے میں مر جاؤں کہ ممکن ہے کہ اس کے بعد اتنی بھرپور خوشی جیون میں کبھی نہ ملے ——— لیکن میں مر نہ سکی۔ اس لئے کہ مجھے تو تمھارے دامن میں بھرے ہوئے خوشیوں کے اور بھی پھول سمیٹنے تھے ——— اور غم ہے کہ اُس واردات کے بعد میں جی بھی نہ سکی ——— یوں بظاہر جینے کو جیتی رہی اور دیکھنے والوں نے تو یہی دیکھا کہ زندہ ہوں لیکن محبت میں سب کچھ ہار دینے کے بعد زندگی کوئی زندگی رہ جاتی ہے ——— ؟؟
اُس رات جب سب سونے کے لئے اپنے اپنے کمروں میں جا چکے تھے، تم بے دھڑک میرے کمرے میں چلے آئے ——— "شہاب! ——— تم ———؟" میں سہم کر بولی ——— "اتنی رات گئے؟"
تم نے بے حد بے باکی سے کہا ——— "کیوں کیا میں کسی سے ڈرتا ہوں ——— ؟ اور کیا میں کسی بُری نیت سے آیا ہوں جو ڈرتا پھروں ——— " پھر تم نے بڑی اپنائیت سے میرا ہاتھ تھام کر کہا تھا ——— "سُنو شہلا! یہ پَل پَل کی برسات مجھے پسند نہیں۔"
"اُوں ———" میں نے سر اٹھا کر بہت حیرت سے تمھیں دیکھا۔
"یہ تم بار بار روتی کیوں ہو ——— ؟ کیا اس لئے کہ زیادہ پڑھی لکھی نہیں ہو؟

کیا اس لیئے کہ تمہارے ابّو نہیں ہیں — ؟ لیکن ان سب باتوں کے نہ ہونے سے کیا ہوتا ہے شِنّو! — میں جو ہوں تمھارے لیئے —!" یہ کیسی بہار چھا گئی۔ — ؟ یہ بن بادل رم جھم کہاں سے ہونے لگی — ؟ یہ جہنم میرے لئے جنّت کیسے بن گیا — ؟ یہ الفاظ کیسے ہیں ؟

میں جو ہوں تمھارے لیئے —

میں جو ہوں تمھارے لیئے —

میں جو ہوں —

شہاب کہہ رہا تھا — "شہلا! تم وہ سچّا ہیرا ہو، جسے کوئی ماہر جوہری ہی پرکھ سکتا تھا اور یقین کرو شہلا تمھیں مجھ سے زیادہ، مجھ سے بڑھ کر کوئی نہیں پرکھ سکتا۔ میں جانتا ہوں تم میٹرک بھی پاس نہیں ہو۔ لیکن تمھارے مینرز، تمھارا سلیقہ، تمھارا رکھ رکھاؤ اتنا اونچا ہے کہ ایم۔ اے پاس لڑکیاں بھی تمھارے سامنے ہیچ ہیں — میں یہ بھی جانتا ہوں کہ سب سے کم دولت تمھاری امّی کے پاس ہے۔ لیکن یہ بھی جانتا ہوں کہ تم سی لڑکی کی ماں ہو کر وہ کوٹھی کی سب سے دولت مند خاتون ہیں۔ مجھے پتہ ہے کوٹھی میں حسین لڑکیوں کی کمی نہیں۔ لیکن تمھارا یہ ملاحت بھرا چہرہ، یہ سانولے رخسار، یہ سانولے ریشمیں گھٹاؤں ایسے لانبے لانبے بال، اور تمھاری یہ ہر دم جھکی جھکی رہنے والی موٹی موٹی سیاہ آنکھیں یقیناً ایسی ہیں کہ تمھیں سب سے نمایاں کر سکیں۔" وہ ذرا رکا اور جھک کر بولا — "مجھے یقین ہے تمھیں پانے والا شخص دُنیا کا سب سے خوش نصیب شخص ہوگا —"

میں نے گھبرا کر آنکھیں اُٹھائیں — وہ بڑی بے نیازی سے کھڑکی سے باہر جھانک رہا تھا۔ ایکدم وہ پلٹا اور بولا — "پلیز — یُوں رویا نہ کرو شِنّو —

میرا دل ٹوٹنے لگتا ہے۔"

کہیں سے بکھری بکھری ہنسی میرے ہونٹوں پر آ کر سمٹ گئی ـــــ "شہاب! تم سمجھتے ہو آنسو بھی کسی کو بھلے لگتے ہیں؟"

"لیکن ہر درد کا مداوا بھی تو ہے۔"

"ہر درد کا مداوا ـــــ؟ اب تک تو یہی ہوا ہے شہاب کہ پھولوں کی لگن میں جب بھی میں نے ہاتھ بڑھایا ہے سدا کانٹے ہی ہاتھ آئے ہیں۔"

"اب سے یوں کرنا کہ کانٹے سدا میرے دامن میں ڈال دیا کرنا اور پھولوں سے اپنا آنچل بھر لیا کرنا ـــــ"

میں نے اپنا کانپتا ہوا ہاتھ شہاب کے ہونٹوں پر رکھ دیا ـــــ

"خدا نہ کرے شہاب ـــــ خدا نہ کرے ـــــ ایسی بدفال منہ سے نہ نکالو ـــــ میں تو یہ دعا کروں گی کہ تمھارے پیروں میں چبھنے والا ہر کانٹا میرے دل میں چبھ جائے اور تمھاری راہیں سدا پھولوں سے ڈھکی رہیں ـــــ"

"نہیں میری جان ـــــ میں قسام ازل سے سارے اندھیرے اپنے لئے مانگ لوں گا اور تمھارے لئے صرف روشنیاں ہوں گی۔ بھرپور اُجالے۔"

میری جان ـــــ

میری جان ـــــ

میری جان ـــــ

میں کٹی ہوئی ڈالی کی طرح کانپ کر بستر پر گر پڑی ـــــ میں یہ خوشی سنبھال لوں گی ـــــ میں ـــــ میں ـــــ؟ مر تو نہیں جاؤں گی ـــــ میں نے کانپ کر سوچا ـــــ جانے شہاب کب میرے کمرے سے نکل کر جا چکا تھا اور اس کے ساتھ ساتھ

میری نیند بھی ــــــ اُس رات میں نے خوشیوں میں ڈوب کر رت جگا منایا۔ میں مرنا نہیں چاہتی۔ میں آنے والی خوشیوں کے لئے جینا چاہتی ہوں۔ میں شہاب کے لئے جینا چاہتی ہوں ــــــ میں ــــــ میں ــــــ!

آنسوؤں سے میرا تکیہ بھیگ گیا۔ سنہرے رنگوں سے کڑھے ہوئے پھول نئے کودے اُٹھے ــــــ میری زندگی صبح کے اُجالوں سے جگمگا اُٹھی۔

اتنی بے پایاں خوشی کیسے سنبھالوں ــــــ؟ جی چاہتا تھا چیخ چیخ کر ایک ایک کو سُناؤں ــــــ چاند کے کان میں سرگوشی کردوں۔ تاروں کو جھنجھوڑ جھنجھوڑ دوں۔ بہاروں کو، پھولوں کو، پتوں کو، ساری دنیا کو رازدار کرلوں کہ دیکھو مجھے کیسی مار ڈالنے والی خوشی مل گئی ہے ــــــ جی چاہتا تھا ایک جشنِ بہار مناؤں۔ مگر۔ مگر ــــــ میں نے رُک رُک کر، سہم سہم کر سوچا ــــــ "اگر میری خوشیوں کو نظر لگ گئی تو ــــــ؟؟"

یہ بھی محض اتفاق ہی تھا کہ اس حسین واردات کے دو دن بعد میری سالگرہ تھی ــــــ ہاں! یہ ٹھیک ہے۔ میں نے سوچا ــــــ مجھے سالگرہ منانی ہی چاہئے ورنہ یہ خوشی اگر دل ہی دل میں رہ گئی تو میں شاید سہہ نہ سکوں گی۔ مر ہی جاؤں گی ــــــ ہماری کوٹھی کے آس پاس اور بھی کئی بنگلے تھے جہاں میری کتنی ہی بچپن کی پیاری پیاری سہیلیاں بھی تھیں ــــــ پھر گھر کے اتنے سارے نوکر ــــــ

ہاں یہ موقع اچھا ہے۔ لیکن آج تک تو میں نے آپ اپنی سالگرہ کبھی نہیں منائی۔ اب یہ کتنی شرم کی بات ہوگی کہ میں اپنے آپ اعلان کرتی پھروں کہ میں اپنی سالگرہ منا رہی ہوں ــــــ!؟

اِس مشکل کو شہاب نے حل کر دیا ــــ جانے اسے کیسے پتہ تھا کہ میری سالگرہ کی تاریخ ۸ مئی پڑتی ہے۔ اس دن کھانے کی میز پر رات کے وقت اس نے سب کے سامنے اعلان کر دیا۔

"بھئی پرسوں شہلا کی سالگرہ منائیں گے۔"

شمیم نے حیرت سے پوچھا۔ "لیکن کس خوشی میں؟"

"کس خوشی میں ــــ!؟" شہاب حیرت سے نوالہ ہاتھ میں تھامے تھامے بولا ــــ "کیا یہ خوشی کی بات نہیں کہ پرسوں شہلا کی زندگی کے گلستاں میں اٹھارواں پھول کھلے گا ــــ!؟"

ذاکر بھائی بولے ــــ "اور یُوں بھی ہم پردیسیوں کی زندگی میں ایسے ہی بہانوں سے تو ذرا چہل پہل ہو جاتی ہے۔ ورنہ ہم اور ہوسٹل کی بے کیف زندگی ــــ" شمیم زچ ہو کر بولی ــــ "تو میں کب منع کرتی ہوں۔ ــــ شوق سے منائیے ــــ"

اور وہ دن میری زندگی کا یادگار دن تھا۔ جب میری آنکھوں نے جواَب تک صرف ساون کے بادلوں کی طرح برسی تھیں، جی کھول کر ہنسنا سیکھا۔ میرے لئے ــــ یہ سب کچھ اتنا نیا نیا اور عجیب عجیب سا تھا ــــ! لیکن میں خوش تھی۔ بے انتہا خوش! ــــ احساسِ کمتری اور غم کا وہ ناگ جو رہ رہ کر آج تک میرے انگ انگ کو ڈستا آیا تھا، اپنا پھن جُھکا کر کہیں روپوش ہو گیا تھا ــــ تحفوں سے میری سامنے والی میز بھر گئی۔ سبھی نے کچھ نہ کچھ دیا۔ لیکن شہاب یونہی خالی ہاتھ بیٹھا رہا۔ کسی نے ٹوکا بھی تو وہ ٹال گیا۔ لیکن مجھے قطعاً غم نہ تھا ــــ جو اپنا دل ہی دے دے، اُس سے اور کون سے تحفے کی آس کی جا سکتی ہے ــــ دل، جو زندگی اور زندگی کی ہر خوشی سے عبارت ہوتا ہے۔ وہ تو میرا تھا نا؟

رات گئے ایک مانوس خوشبو میرے کمرے میں مہکی اور میرا رُواں رُواں کہہ اٹھا، یہ تم ہو ـــــ یہ تم ہو شہاب ـــــ میری زندگی کی سب سے زیادہ عزیز ہستی۔ وہ نام جسے سُن کر دل عقیدت سے بھر جاتا ہے۔ وہ مہک جسے سُونگھ کر زندگی بہار دل کا روپ بن جاتی ہے ـــــ میں کیسے اِس آہٹ، اِس مہک، اِس خوشبو کو نہ پہچانوں گی ـــــ؟؟

کمرے کا دروازہ کھُلا اور شہاب اندر داخل ہوا جیسے عبادت خانے میں دیوتا کی موجودگی سے دل ایک انجانے خوف اور عقیدت سے دھڑک اٹھتا ہے۔ ایسے ہی یکبارگی میرا دل دھڑک اُٹھا۔ میں نے پلٹ کر دیکھنا چاہا لیکن اتنی قوت مجھ میں کہاں تھی؟ رات کی خاموشی میں دو سانسیں تھیں جو ایک ہی تال اور ایک ہی لَے پر چل رہی تھیں۔

میں جو ہوں تمہارے لئے ـــــ

میں جو ہوں تمہارے لئے ـــــ

بڑی دیر بعد شہاب نے دھیرے سے پکارا ـــــ "شِلّو!"

میں نے ساری دنیا کا بوجھ لئے بڑی مشکل سے پیچھے گھوم کر دیکھا اور دوڑ کر شہاب کے قدموں میں گر گئی۔

"ارے ارے شِلّو ـــــ یہ کیا کرتی ہو ـــــ؟" اس نے ایک ہاتھ سے سنبھال کر مجھے اُٹھایا، دوسرے ہاتھ میں ایک خوبصورت سی ٹوکری تھی جسے وہ میرے سامنے کر کے بولا۔

"یہ تمہاری سالگرہ پر ایک حقیر تحفہ۔"

میں نے سنبھل سنبھل کر ٹوکری کھولی ـــــ تازہ تازہ خوشرنگ گلاب۔ کمرہ خوشبوؤں سے بھر گیا۔ میں نے سر اُٹھا کر شہاب کو دیکھا اور رُکتے رُکتے بولی۔

"یہ پھول ——— !"

شہاب نے بات کاٹ دی ——— "مرجھا جائیں گے۔ لیکن تمھاری محبت کا سدابہار پھول میرے دل میں سدا تروتازہ رہے گا۔"

میں نے پھولوں کو دھیرے سے اٹھایا ——— ایک لڑی میں پروئے ہوئے اٹھارہ بڑے بڑے شگفتہ گلاب ——— میں نے ایکدم انھیں اپنے دل سے لگالیا۔

"یہ تمھاری امٹ محبت کے امین ہیں شہاب ——— میں زندگی بھر ان پھولوں کی حفاظت کروں گی ——— یہ تمھاری ہی نہیں میری بھی وفا کے امین ہیں ———" ٹپ سے دو آنسو میری پلکوں سے ٹپکے اور گلاب کی صبیح پتیوں پر سچے موتیوں کی طرح جگمگانے لگے۔

شہاب دھیرے سے آگے بڑھا۔ اس نے میرے چہرے کو دونوں ہاتھوں کا پیالہ بنا کر تھام لیا ——— جانے کتنے لمحے یونہی گزر گئے۔ کون جانے وہ صدیاں ہی ہوں ——— مجھ میں یہ تاب کہاں تھی کہ شہاب کو اتنے قریب دیکھ سکتی۔ بس اُس کے سانسوں کی تپش تھی جو میرے چہرے پر صبح کے سورج کے نرم نرم اُجالے کی طرح محسوس ہو رہی تھی۔ وہ بھاری مگر سنبھلی ہوئی آواز میں بولا۔

"آج تم مجھ سے اتنی قریب ہو کہ کوئی فاصلہ حائل نہیں۔ کوئی رکاوٹ کوئی چٹان ہمارے درمیان نہیں۔ میں چاہوں تو تمھاری ان خوابناک آنکھوں کو چوم لوں۔ لیکن تم جانتی ہو شہلا، محبت میں پاکیزگی میرے لئے سب سے پہلی شرط ہے۔ جب میں جانتا ہوں کہ تم میری ہو اور میں تمھارا ——— تو پھر ایسی امٹ محبت کے نئے میں کسی جھوٹی مہر کا سہارا کیوں لوں ——— ؟؟"

اُس نے ہاتھوں کے پیالے کو دھیرے دھیرے میرے چہرے سے الگ کیا اور الٹے قدموں چلتا، یوں کہ جیسے میں کوئی دیوی تھی اور میری طرف پیٹھ کرنا گناہ۔ دھیرے

دھیرے کمرے سے باہر ہوگیا۔

اب کی بار شہاب لکھنؤ گیا تو میں اس طرح ٹوٹ کر روئی جیسے سب کچھ آنسوؤں میں بہہ کر رہ جائیگا —— سب کے سامنے رونا بھی تو نا ممکن تھا بس میں تھی اور میرا کمرہ —— ممّی کو میری صحت کی فکر کھانے لگی کیونکہ کچھ ہی دنوں میں میرا وزن اتنا کم ہوگیا کہ چلتے چلتے کئی بار مجھے ایسا محسوس ہوتا کہ ہوا کے دوش پر اڑنے لگوں گی۔ ممّی مجھے طاقت بخش غذائیں اور ٹانک لینے کو کہتیں۔ اور میں دل ہی دل میں ہنس کر سوچتی —— "ممّی آپ نے کسی بیمارِ محبت کو دواؤں سے صحت یاب ہوتے دیکھا ہے —— ؟"

ایک طرف تو مجھے شہاب کی جُدائی کا غم مارے ڈالتا تھا۔ دوسری طرف ایک اور ہی فکر میرا خون پی رہی تھی۔ کیونکہ اپنی اپنی جگہ سبھی جانتے تھے کہ شہاب کی منگنی شمیم سے ہونے والی ہے۔ دیکھا جائے تو بڑا مناسب جوڑ تھا۔ شمیم بہت خوبصورت تھی۔ بی۔ اے میں پڑھ رہی تھی۔ اور سونے پر سہاگہ ماموں جان کی بے اندازہ دولت کی تنہا مالک۔ اس کا تو ہر غرور جائز اور ہر جذبہ بجا تھا —— لیکن میں اس دل کا کیا کرتی جو برسوں سے چپکے چپکے شہاب کو چاہے جارہا تھا۔ یہ اور بات تھی کہ کبھی شہاب کی طرف سے پیش قدمی نہ ہونے پر میرے دل کا راز مجھ ہی تک رہا۔ لیکن اب جبکہ وہ اور میں دونوں ہی جانتے تھے کہ ہم صرف ایک دوسرے کے لئے بنے ہیں، یہ بیل کیونکر منڈھے چڑھ سکتی تھی —— ؟ پھر بڑی بات یہ کہ شہاب خالو ابّا کا بیٹا تھا جن کے حکم سے کوٹھی کا ہر کام چلتا تھا —— شہاب کی محبّت کی خوشی کا بوجھ اور مستقبل کی فکروں کا کرب —— ! میں چکّی کے دو پاٹوں کے بیچ بُری طرح پس رہی تھی۔ انسان جب جی ہار بیٹھتا ہے تو سب کچھ خدا پر چھوڑ دیتا ہے۔ میں نے بھی یہ سوچ کر کہ خدا میری بہتری کا سامان کرے گا، سب کچھ اپنے مالک پر چھوڑ دیا۔

دن تو خیر جیسے تیسے گزر ہی جاتا، رات اپنے دامن میں ہزار وسوسے لے کر آتی۔ ان دنوں میری آنکھیں کتنی بے خواب رہتیں ــــ؟ میں نے کتنے چاندوں کی میتیں دفنائیں، میری آنکھوں نے کتنے ستاروں کے جنازے اٹھائے ــــ؟ ایک ایسے ہی رلا دینے والے دن میں نے بے بسی سے شہاب کو مخاطب کر ہی لیا ــــ "میرے شہاب! ــــ تم مجھ سے اتنے دور ہو کہ کبھی کبھی مجھے ڈر لگتا ہے کہ اس جنم میں تمھیں پا ہی نہ سکوں گی ــــ پھر ایک موہوم سی آس مجھے جینے پر آمادہ کر دیتی ہے کہ تمہارے وعدے اتنے بھرپور تھے کہ مجھے کسی سے ڈرنے کی ضرورت نہیں۔ خدا کرے تم جلد لوٹو تاکہ میں پھر کبھی تم سے جدا ہونے کی بات سوچ بھی نہ سکوں ــــ یہ خط لکھتے ہوئے میں کتنی ڈر رہی ہوں ــــ کہیں بات کھوٹ گئی تو؟ ــــ لیکن شہاب مجھ سے اب کچھ بھی برداشت نہیں ہو سکتا۔ کئی بار تو خودکشی کر لینے کو جی چاہتا ہے۔ لیکن اُن دنوں کی تصویر ذہن میں اُتر آتی ہے کہ تم تھکے تھکائے ڈسپنسری سے لوٹے ہو تو میں تمھارے جوتوں کے بند کھول رہی ہوں، تمھارا کوٹ اتار کر ہینگر سے ٹانگ رہی ہوں، تمھارے بچے رو رہے ہیں تو انھیں بہلا رہی ہوں، لوریاں دے کر سُلا رہی ہوں۔ سب کاموں سے نمٹ کر تم اور میں کار میں آؤٹنگ کو جا رہے ہیں ــــ یہ خواب ہر عورت دیکھتی ہے شہاب! ــــ میں نے بھی دیکھے ہیں۔ اور ان خوابوں کو حقیقت میں بدلتا دیکھنے کی امید ہی میں مَیں جی رہی ہوں۔

خدا کرے میں تمھاری یادوں میں ہمیشہ محفوظ رہوں ــــ زندگی میں اس سے بڑی کوئی خوشی نہیں کہ تم مجھے یاد رکھو ــــ پیار کے ساتھ تمھاری صرف تمھاری۔"

مجھے پتہ نہیں اس خط کے الفاظ نے شہاب پر کیا اثر کیا ــــ لیکن اس کے

جواب میں شہاب نے جو خط مجھے لکھا تھا اُس کا محض ایک جملہ ہی میری زندگی بھر کی خوشیوں کا سامان بن گیا۔

"میری جان! ـــــ اگر مجھے گناہ کا احساس نہ ہوتا تو یقین کرو میں حیدر آباد کے ان در و دیوار کی طرف منہ کر کے نماز پڑھنے میں اپنی عاقبت بخیر سمجھتا جن میں تم رہتی بستی ہو ـــــ!!"

مجھے زندگی میں اور کیا چاہیئے تھا؟ میں کتنی خوش نصیب تھی اس کا اندازہ تو کچھ شہاب کا خط پڑھنے پر ہوا۔

اور وہ دن ـــ جب شہاب نے پورے میڈیکل کالج میں ٹاپ کیا۔ سب کتنے خوش تھے۔ اور میں؟ ـــ میں تو گویا آسمان کی سب سے بلند نشست پر جا بیٹھی تھی۔ جب لکھنؤ سے تار آیا ہے کہ "اب میں ڈاکٹر بن چکا ہوں" ـــ وہ دن میری خوشیوں کی معراج تھا ـــ سوچتے سوچتے میں پاگل سی ہو گئی ـــ اب شہاب کے اور میرے ایک ہو جانے میں کون کسر باقی تھی ـــ؟ شہاب لکھنؤ سے ڈاکٹر بن کر لوٹا تو مجھے یاد ہے، کامیابی اور نئی زندگی کی مسرتوں سے اُس کا چہرہ آبدار موتی کی طرح جھل مل کر رہا تھا ـــ ظاہر ہے اس کے آتے ہی شادی کی بات چھڑی۔ لیکن مجھ سے نہیں شمیم سے ـــ شہاب نے بڑی خوبصورتی سے یہ کہہ کر بات ٹال دی کہ جو تین لڑکے اعلیٰ نمبر لے کر کامیاب ہوئے ہیں ان میں سرِ فہرست شہاب کا نام ہے اور حکومت اُن لڑکوں کو فارن بھیج رہی ہے اس لئے شادی کا سوال ہی پیدا نہیں ہوتا ـــ ایک لمحے کو مجھے یوں محسوس ہوا جیسے میری خوشیوں کے چمن میں ہر سو آگ ہی آگ پھیل گئی ہے اور ہر پھول پتہ اس آگ میں جھلسا جا رہا ہے ـــ لیکن

بہتے آنسوؤں کو قرار بس یہ سوچ کر آیا کہ اگر وہ میرا نہیں ہو سکتا تو کسی اور کا بھی تو نہیں ہو رہا ہے ــــ میں کیسے اُسے کسی کا ہوتے دیکھ سکتی ــــ ؟ مجھے تو اس دُھوپ سے بھی جلن محسوس ہوتی تھی جو شہاب پر سے ہو کر گزرتی تھی۔ میں ہوا کے اُس جھونکے سے بھی رقابت محسوس کرتی تھی جو شہاب سے اٹکھیلی کرتا گزر جاتا تھا۔ جب میرے عشق کا یہ عالم تھا تو میں کیسے اس نگاہ کو برداشت کر سکتی تھی جو شہاب کو پیار سے ایک لمحے کو بھی دیکھ لیتی!!

نہیں نہیں۔ شہاب میرا ہے ــــ صرف میرا ــــ !

درد غم مجھ پر ایک ساتھ ٹوٹے ــــ جس سال شہاب لندن گیا، اُسی سال ممی بھی مجھے چھوڑ کر چلی گئیں ــــ شہاب سے ملنے کی، اُس کی واپسی کی تو ایک آس تھی۔ ممی وہاں گئیں جہاں سے آج تک کوئی لوٹ کر نہیں آیا ہے ــــ اِس غم نے مجھے زندگی سے بیزار کر دیا۔ اب اِس بھری پُری دُنیا میں میں تنہا ہوں ــــ ایک شہاب ہے جس کی آس پر زندگی کٹ رہی تھی۔ لیکن اب تو وہ بھی اتنی دور تھا جہاں پہنچنے کے لئے تصوّر کے پر بھی جل جل جائیں ــــ شہاب نے جاتے وقت جو الفاظ کہے تھے وہی میری زندگی کا سرمایہ تھے ــــ " شلّو، میری گڑیا میں تمھیں اکیلا چھوڑ کر جا رہا ہوں لیکن اس وعدے کے ساتھ کہ زندگی میں تم سے جب کبھی ملوں گا، اکیلا ہی ملوں گا۔ ہم مل کر ہی ایک ہوں گے ــــ ہم نے زندگی بھر کے لئے یہ عہد کیا ہے تاکہ ہم کبھی ایک دوسرے سے الگ نہ ہوں گے!"

میں نے اپنی کانپتی انگلیاں اس کے ہونٹوں پر رکھ دی تھیں اور لرز کر بولی تھی۔

ــــ " بس شہاب بس! میں صرف اسی ایک وعدے پر ہزار زندگیاں انتظار میں گزار سکتی ہوں" ــــ اور اچانک ساون کے گھرے گھرے بھرپور بادل میری

آنکھوں میں جھک آئے اور میں شہاب کی قسموں کا خیال کیے بنا ہچکیاں لے کر رو پڑی ــــــ !

"شلو! یاد ہے تم نے مجھ سے وعدہ کیا تھا کہ ساون سے کوئی واسطہ نہ رکھو گی ــــــ"

اور میں سسکیوں کے درمیان بولی تھی ــــــ "کیا تم اِس بات پر خوش نہیں ہو شہاب! کہ یہ موتی میں تمہارے پیار ہی میں رول رہی ہوں؟"

شاید شہاب کی آنکھوں میں، میری آنکھوں میں جھانکنے کی سکت نہ تھی ــــــ اس نے منہ پھیر لیا تھا ــــــ لیکن میں دیکھ چکی تھی کہ ساون کے ہلکے ہلکے بادل وہاں بھی جھوم رہے تھے ــــــ !!

زندگی کتنی تیز رفتاری سے گزرتی ہے ــــــ ؟! ہم سوچ بھی نہیں سکتے کہ آنے والا کل ہمارے لئے آنسوؤں کی سوغات لانے والا ہے یا خوشیوں سے بھرے تحفے ؟ ــــــ

اُنہی دنوں ملک تقسیم ہوا ــــــ مدتوں روح اور جسم کی طرح ساتھ ساتھ رہنے والے رشتے ناطے ختم ہو گئے ــــــ ایک دَور بیت گیا ــــــ ایک دَور شروع ہوا ــــــ ہماری کوٹھی بھی محفوظ نہ رہی۔ کتنے ہی لوگ پاکستان چلے گئے۔ اور جنھیں اپنی مٹی سے پیار تھا وہ اسی سرزمین کو اپنی زندگی کی متاعِ بے بہا سمجھ کر بیٹھے رہے۔ ہمارے خاندان میں بھی کتنے انقلاب آئے ــــــ حمیدہ باجی۔ رقیہ آپا۔ ذکو۔ نوری سعیدہ باجی سبھی کی شادیاں ہو گئیں ــــــ بہت سالوں کے انتظار کے بعد شمیم کو بھی بیاہ دیا گیا۔ لیکن میں نے زندگی میں شہاب سے جو وعدہ کیا تھا، اُسے لئے بیٹھی رہی۔ شہاب نے چند سال پہلے خالو ابا کو ایک خط میں صاف صاف لکھ دیا تھا۔

"میں شادی کروں گا تو صرف شہلا سے، ورنہ میرے لئے اکیلے رہ کر زندگی گزار دینا

کوئی مشکل بات نہیں ـــــ"، خاندانی روایتوں اور جاگیر دارانہ دبدبے سے مجبور خالو ابا نے صاف صاف لکھ دیا ـــــ" ہمیں تمھاری آخری بات زیادہ پسند ہے ـــ شوق سے اکیلے رہو۔ لیکن ہم ایک بار جہاں زبان دے چکے، اس سے ٹل نہیں سکتے۔"
شہاب نے بد دل ہو کر ہندوستان واپس آنے کی بات سوچنی ہی چھوڑ دی۔
" میں وہاں آکر کیا کروں گا سوائے اس کے کہ ہر لمحہ اپنے دل کو دُکھی محسوس کرتا رہوں!"

یہ کیسا غم ہے؟ ـــــ کیسی کسک؟ ـــــ یادوں سے بوجھل یہ دل پھٹ کیوں نہیں جاتا ـــــ آج رہ رہ کر دل کی دُکھن بڑھ کیوں رہی ہے؟ اتنے سال بیتنے پر پتہ چلا کہ زندگی نے، خاندان کے جھوٹے وقار نباہنے والے خالو ابا نے، بزرگوں نے میرے ساتھ کیسا سنگین مذاق کیا تھا ـــــ آج دوپہر کی بات ہے میں تنہا، اُداس اور ویران کوٹھی کے اُجڑے باغ میں سیڑھیوں پر بیٹھی تھی کہ ایک دُبلا پتلا بوڑھا شخص جس کے چہرے پر وقت نے جھرّیوں کی شکل میں اپنے نشان چھوڑ دیئے تھے، میرے سامنے آکر کھڑا ہوا ـــــ اس نے غور سے میرے برف کی طرح سفید بالوں اور اُداس بے نور آنکھوں کو دیکھتے ہوئے پوچھا۔
" کیا میں بیگم شہلا سے مل سکتا ہوں؟"
میں کمزوری کے باوجود تڑپ کر اٹھ کھڑی ہوئی۔
" بیگم شہلا ـــــ کیسی بیگم شہلا ـــــ!؟ یہاں کوئی بیگم شہلا نہیں رہتی ـــ!"
" تو کیا شہلا نے شادی نہیں کی تھی ـــ؟" بوڑھا حیرت سے اپنی کمزور آواز میں پوچھ رہا تھا۔
اب کے میں نے غور سے دیکھا ـــــ" ارے شہاب!؟"

میں لڑکھڑا کر اٹھی اور نو وارد کے قدموں میں ڈھیر ہو گئی ـــ "شہاب تم نے وعدہ کیا تھا کہ مجھے اکیلا چھوڑ کر جا رہے ہو تو اکیلے ہی بلو گے ـــ بھلا پھر میں کیسے اس وعدے سے پھرتی ـــ ؟ دیکھو تو شہاب میں آج بھی اکیلی ہوں۔"

ایکدم میری نظر اپنے ہی ہاتھوں پر پڑی ـــ جھرّیوں سے بھرے ہاتھ میری نگاہوں کی زد میں تھے ـــ میرا دل دکھ سے بھر آیا ـــ آہ کس قدر جان لیوا انتظار ـــ اب تو ان ہاتھوں پر مہندی بھی نہیں رچ سکتی۔ یہ ہاتھ اب ننھا سا جنگوڑا بھی نہیں ہلا سکتے ـــ ولولوں اور ارمانوں کی عمر تو بیت گئی۔ اب مجھ میں کیا دھرا ہے ـــ ؟

شہاب کے ہاتھوں میں پھٹا پرانا وہ خط تھا جس میں خالو ابا نے انھیں اطلاع دی تھی کہ "تم اپنی ضد کر سکتے ہو تو ہم بھی کم نہیں ـــ ہم نے ایک ایک کر کے شہلا سمیت کوٹھی کی ساری لڑکیوں کو بیاہ دیا ہے ـــ اب تم شوق سے عمر بھر تنہا رہو ـــ"

قدرت کا یہ کتنا سنگین مذاق تھا؟ کیسی دلخراش حقیقت۔ شہاب اُدھر یہ سمجھ رہا تھا کہ میں کسی دوسرے کی ہو گئی ہوں اور یہاں مجھ سے یہ بتایا گیا کہ شہاب نے لندن میں کسی انگریز لڑکی سے شادی کر لی ـــ اُف! یہ دُوریاں، یہ فاصلے ـــ !

دل میں رہ رہ کے یہ کیسی دھڑکن ہو رہی ہے خدایا۔ جیسے اس سانس کے بعد دوسری سانس نہ آئے گی ـــ یہ کیسی کلیجے کو کاٹ دینے والی ہوائیں چل رہی ہیں۔ شاید ساون کی آمد آمد ہے ـــ ہاں ساون آ گیا ہے مگر میری زندگی میں نہیں ـــ میری آنکھوں میں۔ اور اب ہمیشہ ہمیشہ کے لئے یہ رم جھم رم جھم یونہی ہوتی رہے گی۔ اور میں دُکھے دل کو تھامے، ایک پیاسی رُوح کو لئے کراہتی رہوں گی۔

میں تنہا ہوں ـــ !

میں تنہا ہوں ـــ !!

منتخب دلگداز افسانوں کا ایک اور مجموعہ

انتظار کے پھول

مصنفہ : واجدہ تبسم

بین الاقوامی ایڈیشن جلد منظر عام پر آرہا ہے